AF215883

# Inhalt

/

# SIGUNE SCHNABEL
## Zehn Gedichte

## Manche Tage

haben keine Festung.
Das Meer spült Jahrzehnte
in den Morgen.
Hörst du den Wind auf meiner Stirn
und wie er an Gedanken rüttelt?
Biegsam sind sie
und schief gewachsen.

Im Dünengras kauert ein Kind,
blau gerufen
von all den Worten.

**Wenn die Tage leiser werden**

und satt
und das Leben ein Teich
ohne Wellen,
wächst das Alter
zwischen Algen.

Ich lasse keine Kiesel mehr
die Stunden auf und nieder springen.
Ein Reiher
steht am Ufer,
schluckt Augenblicke.
Aus seinem Schnabel hängt
ein wundes Rot.

**In die Spalte der Zeit**

gießen wir Meer
und einen Hauch Sand,
atmen wir nicht mehr
Hafenworte.

Meine Sprache: ein rostiges Tor.
An seinem Fuß wächst grün
der frühe Mohn.
Du pflückst
und rüttelst an den Eisenstangen,
siehst, wie Schatten
nach den Gräsern tasten.
Manchmal deckt der Winter
alles zu.

**Als der Herbst kommt**

Plötzlich lehnst du
die Tonleiter der Schreie
an den Stammbaum.

Die Kirschen schwanken so rot,
dass wir Namen und Gesicht verlieren.

Ich sammle Geräusche des Sommers
und hefte sie an die Blätter.

Doch mit deinem Atem
tobt der Herbst
im Geäst,

und meine Füße tragen Zinnober
in die Träume.

## Kein Blatt

Wenn Mauersegler
den Himmel zerschneiden,
öffnet sich ein Spalt Nichts über mir.
Asphaltgrau liegen Tage
unter den Füßen,
und Bäume
werfen Hoffnung auf Straßen.

Mit dem Strohbesen
kehren die Alten
das Rot aus dem Leben.
Kein Blatt bleibt
vor Haus und Mund.

**Vor dem Winter**

Ausgehöhlt hat das Meer
mein Schweigen
unten am Fels.
Nur der Wind spricht noch leise
an der Hafenmauer.

Ich streife den Kamm
durch die Strahlen der Sonne
und greife Bündel,
um auf deinen Lippen
Feuer zu entfachen,
doch kalte Worte tropfen
zwischen Sanddorn und Holunder.

Die Linien deiner Hände
bilden Schneisen
ins Leere.
Züge entgleisen.
Auf deinen Schultern
der Geruch von Schnee.

## Dunkler werden die Fragen

im Novemberdunst.
Gedichte hallen leiser
über Landschaften
und Haut.

In der Nacht
kehren die Worte heim.
Wenn Erinnerung
in den Zweigen knackt,
schleichen sie
durchs offene Fenster.

Am Küchentisch
legen wir Laute
auf einen neuen Tag.
Sie klirren
an den Kanten der Stunden.

**Wortklippen**

Deine Schreie am Morgen:
ragende Klippen
aus Wortschutt,
an die ich brande.

Am Abend zirpen die Grillen
in Stoppeln.
Wir fallen hinein
und halten uns nicht
an den Armen.
Falter umgarnen das Schweigen,
und Lippen falten die Sprache.
Gestapelt in Winkeln
liegt sie, geordnet
für andere Tage.

## Hinter der Sprache

Am Abend schließe ich die Vorhänge
meiner Worthütten,
doch das Licht schimmert
durch den dünnen Stoff.
Manchmal gehst du die Ufer entlang
und rufst über Hänge,
deine Sprache so blau,
dass ich sie im Dunkeln
nicht erkenne.

Immer bleibt da
diese Wand,
die deine Sätze
nicht zu meinen lässt.

**Ferner**

gehe ich
und streife meiner Zukunft
die Kapuze über.
Ihr Haar wird nass
in dieser Zeit;
sie ist für solche Tage
nicht gewappnet.

Du streifst mir Blau
ums winterfahle Haupt,
greifst meine Hand und ziehst mich
immer weiter.

Hinter den Worten
bin ich schutzlos,
wenn der Klang verhallt
und ich nicht weiß,
was dort so rot am Horizont
ins stille Wasser sinkt.
Deins ist nicht tief,
doch etwas bricht,
wenn ich am Ufer wate.

# DENIS VIDINSKI

Fundstücke

12 Miniaturen

## Ein Blatt

Das Blatt der jungen Silberpappel erinnert in seiner Haptik an weiches Nappaleder. In der Hand samtig, anschmiegsam, leicht und doch mit einem sehr bestimmten eigenen Gewicht. Beidseitig mit weißem Flaum bedeckt, fühlt es sich so ganz anders an, als alle anderen Blätter. Merkwürdig diese Ambivalenz zwischen Fläche und Körperlichkeit. Dabei ein Farbton hin und her gerissen zwischen Stumpfheit und der unheimlichen Tiefe von Jade. Auf der Unterseite weiß schimmernd, verschwindet auf der Oberseite der helle Flaum, die winzigen Partikel lösen sich in reinstes Nichts auf, wenn man mit dem Finger über die Blattfläche reibt. Zurück bleibt nur das triste Blassgrün des so beraubten, nackten Blattes.

## Mačevo

Vom schlammigen Pfad aus sahen wir zum Haus, das etwa hundert Schritte vor uns lag. Dunkel, eingefallen und schwächlich wirkte es hier inmitten von Bäumen, so allein im kalten Frühling und ohne viel Licht; es war von Sträuchern und Gräsern umwuchert, die kniehoch reichten.

Dies ebenerdige Haus aus Holz, einsam und leer und in meiner Erinnerung kaum mehr, als ein trüber Fleck im Grün: Ich sah es nur kurz, kaum für eine Minute. Jene, die mich führten, drängten weiter und zur Eile. Warum ich nicht widersprach, weiß ich nicht. Womöglich genügte mir aber auch die Gewissheit dieses einen Blickes dort oben in der feuchten Luft, und ich verschloss jenen Blick im Herzen. Während wir uns umwandten, vernahm man nur das Knarzen unserer Lederjacken, so still war es. Niemand sprach mehr. Dichte Wolken trieben über uns hinweg. Tropfen fielen von allen Zweigen ringsum. Kurz darauf war das Haus verschwunden, in dem vor einundneunzig Jahren mein Großvater geboren wurde.

## Ein Pfad im Gras

Ich schaue zur Wiese. Ein kaum noch zu erkennender Pfad im hohen Gras ist dort. Es hat viele Tage geregnet und das Gras ist blass und reicht beinah hinauf bis zum Knie. Die Spur ist äußerst schmal, denn hier geht nur noch selten jemand entlang; sie führt sanft eine Erhebung hinauf und verschwindet dann vollkommen im hohen Gebüsch. Ich erinnere mich genau und könnte nun davon erzählen, wer diesen Weg mit uns ging, vor allem was oben und entlang des langgestreckten Hügels geschah. Jemand, der diesen Pfad nie betrat, wird ihn nicht sehen.

## Am Bahndamm

Gegen acht Uhr am Abend regnet es schon ganz gleichmäßig. Bei geöff-
neten Fenstern klingt das Prasseln und Rinnen lauter als sonst. Ich denke
daran, wie das Wasser nun die drei Regentonnen im Garten füllen mag.
Auch an den vergangenen Tag mit all seiner Arbeit und der Fahrt entlang
der Bahndämme; wie meine Blicke von der hohen Eisenbahnbrücke fielen. Dort entlang der Gleise riecht es streng und seltsam nach den Blüten
verfilzter Brombeeren, der Duft des ölhaltigen Schotters sitzt darin. Ein
vorbeiratternder Zug wischte alles beiseite und zog es fort mit einem
Schwall von Rauch und Dieselgestank, dem ich noch lange einsam da-
stehend nachsah.

## Der schwarze Kreis

Es ist da ein Kreis im Gras unseres Gartens. Mit der Zeit trat er immer deutlicher zu Tage und so oft ich das Gras auch mähe, wachsen lasse, und wieder mähe: Der Kreis verschwindet nicht.

Gestern noch las ich von Kreisen, welche in entlegenen Landstrichen entstehen und man sagt, dass Elfen sie hervorbringen, indem sie immer im Kreise tanzen sobald es dunkel ist und niemand sie sehen kann.

Ich weiß leider nicht, wie derlei Kreise aussehen, dem Buch waren keine Bilder beigegeben, der unsere jedenfalls ist dunkel und glänzend, das Gras wirkt als hätte jemand seine ölgetränkten, glatten Sohlen über den Boden gezogen, immer und immer wieder.

Ganz sicher aber, ist da eine, schon aus der Ferne sichtbare Dunkelheit, welche im Gras steckt und mit ihm aus der Erde wächst, ohne dass sie nachlassen mag oder sich auch nur abschwächt.

**Am Fleet**

Wir sind schon lange unterwegs. In der Nähe ist das Rauschen von Zügen die sich begegnen. Heller, grauer Rauch vom Heizwerk wallt im Licht der tiefstehenden Sonne. Es wird dunkler, je weiter wir kommen. Am Wegrand sucht sich das Gras eigene Wege durch nasses Laub. Angekommen an einem großen, leeren Platz verharren wir eine Weile; nichts steht hier. Reifen haben sich viele Male durch Schlamm und Blätter gewalzt und im Laufe der Zeit beides zu einer schwarzen Masse zermahlen. Mit der heranrückenden Dunkelheit des Abends, lässt die Kälte ein wenig nach. Nah am braunen Wasser, atmen wir den Geruch von faulem Morast. Es wird immer feuchter und je größer die Distanz zwischen unserem Haus und uns nun wird, desto häufiger fragen wir uns, wie weit es noch gehen mag. Wir blicken nach oben und aus den Wolken fallen Tropfen, lösen sich Vögel, die südwärts ziehen.

**Licht und Schatten**

Von draußen kommt der Gesang der Spatzen aus dem Licht des Vormittages her. Ihre Grenze ist der blaue Schatten des Hauses, hinter der sie augenblicklich verstummen.

**Gras**

Am Vormittag wurden die noch nassen Rasenflächen zwischen unseren Wohnblöcken gemäht. Das Gras war hoch und dunkel.

Am Abend, als alles ruhig ist und die Fenster weit offen stehen, vereinigt sich die Kühle mit dem Geruch des geschnittenen Grases, der nun jeden Raum der Wohnung ausfüllt. Von der Tischplatte wischen wir im Kerzenschein eine grüne Haut.

## Betrachtung

Drei Stunden lang sitze ich im beinah leeren Zimmer. Ich stehe auf, gehe umher, stelle den Holzstuhl dicht zum Fenster hin, wo spät am Abend nun noch etwas Licht ist. Ich blicke auf die weißen Wände, wo drei Rahmen mit farbigen Aquatinta-Radierungen hängen.

Schemenhaft erkennt man dort drei kleine Landschaften, je vier Daumen breit: sanfte Hügel, zwei Flussbögen, einige Bäume und Zweige, Kamille, Astern und Kornblumen.

So bemerke ich erst nach einer geraumen Weile, dass es mittlerweile vollkommen dunkel geworden ist und nur die Wände noch, wie große neblige Schirme, um mich herum nachleuchten.

**Dunkel**

Mein kleiner Sohn sitzt auf meinen Knien. Das Gesicht mir zugewandt, lässt er sich im Spiel immer wieder hintenüberfallen. So sieht er einen Teil des Zimmers auf dem Kopf stehend und es scheint ihm zu gefallen. Nach dem zehnten, zwölften Mal endet sein Lachen, er kommt wieder hoch, klettert von meinen Knien herunter und kuschelt sich ganz eng in meinen Arm. Er macht ein erschrockenes Gesicht. Ich spüre, dass er mit einem Mal Angst hat. Er blickt in den hinteren Teil des Zimmers, in dem nur ein großer Tisch im lichten Mittagsschatten steht, und er sagt sehr ernst und mir dabei einmal mit seinem Köpfchen zunickend: Dunkel.

**Vom Nebel**

Draußen in der Morgendunkelheit die Kälte, der Nebel im Laternenlicht: Wie lang mag es wohl dauern, bis er durch die geöffnete Balkontür geströmt ist und man die gegenüberliegende Raumecke nicht mehr sieht?

**Novembermorgen**

Beim schwachen Schein einer einzigen Kerze streift man durch die noch dunkle und kalte Wohnung. Man denkt daran, wie ins Aufwachen hinein das weiche Rauschen des Schnees in das ausgekühlte Zimmer drang. Aus dem Bad her jetzt ein Knistern, wenn die einzelnen Flocken sich auf die hauchdünne Dachluke aus Kunststoff legen.

# URSULA MARIA WARTMANN
## Nicht hier bei uns im Ort

„Nicht schlecht, so ein Schlitten", sagt Rob, als Manja mit quietschenden Reifen das Cabrio neben der Waschstraße auslaufen lässt, sich zurücklehnt und ihr Gesicht in die Abendsonne hält. Rob ist neunzehn, genau wie Manja und ich. Eigentlich heißt er Robert, er hat ziemlich schlimm Akne und ist mit dem Mountainbike da. Unsere Tankstelle ist die letzte Tankstelle vor der Autobahn. Im Ort gibt es entlang der Straße eine Menge bemalter Plakate und Schilder: *Umgehung jetzt!*, haben die Leute darauf gepinselt. Oder: *Drei tote Kinder sind drei Kinder zuviel!*

Klar. Klar sind drei tote Kinder zuviel, aber wenn die Umgehungsstraße kommt, dann wäre die Tankstelle pleite, und unser Chef ist froh, dass die Landesregierung auf seiner Seite ist.

Es ist ein schwüler Juliabend. Es ist ruhig heute. Der Chef hat sich in seinem Büro verschanzt. Papierkram. Wir wissen, dass er heimlich im Internet surft. Einschlägige Seiten – nichts, worauf er stolz sein könnte. Rob hat ihn kürzlich dabei überrascht, aber Rob ist schlau: Natürlich hat er rein gar nichts gesehen.

Rob und ich jobben hier; wir haben das Abi in der Tasche, und wir wissen nicht, wie es weitergehen soll. Wir reden öfter darüber, aber wir haben einfach keine Idee. Rob denkt, er will auf keinen Fall so ein beschissener Provinzanwalt werden wie sein Alter, aber ich bin sicher, dass er genau das eines Tages sein wird. Neulich hat er gesagt, dass er zum Studieren nach Köln gehen will. Das ist praktisch um die Ecke, und er wollte wissen, ob ich mit ihm komme. Seine Akne glühte, als er mich das fragte, aber ich habe nein gesagt, obwohl er mir leid tat mitsamt dieser schlimmen Akne, und ich an ihm vorbei auf die ganzen Motoröldosen gucken musste, die der Chef da gestapelt hat. Aber Rob hat mir die Abfuhr nicht übel genommen. Es war ein Versuch. Ich bin ohnehin nicht sein Typ.

Er mag magere Frauen, die möglichst blonde, lange Haare haben müssen. Es gibt im Sauerland jede Menge Frauen, die blond und mager sind, und die sich nach einem Anwalt, wie er es eines Tages sein wird, schon jetzt die Finger lecken.

Manja hält immer noch das Gesicht in die Abendsonne und sitzt reglos in ihrem schneeweißen Cabrio. Sie hat verdammt darunter gelitten, dass am Anfang in der Schule und auch sonst außer mir kein Mensch wirklich nett zu ihr war.

Manja hält also neben der Waschanlage ihre knallroten Lippen und die sanfte Wölbung der geschminkten Lider in die Sonne und wartet auf weiß Gott was. Sie sieht völlig entspannt aus. Ich blicke aus den Augenwinkeln zu ihr hin und fühle im Magen den alten Schmerz meiner erbitterten Sehnsucht.

„Hey, ich bin so verdammt froh, dass ich dich habe", hatte sie zu mir gesagt, an diesem Tag im letzten Dezember, als auf dem Teich im Park die Füße der Enten fast festfroren, und ich durstig und unbemerkt von Manjas Atem trank, der die Luft zwischen uns füllte. Später waren wir zu ihr gegangen; ihr Vater war für ein paar Tage im Krankenhaus. Im Wohnzimmer zündete sie eine Kerze an. Dann setzte sie sich zu mir auf das Ledersofa und legte mir die Hand in den Nacken.

„Worauf wartet die nur?", fragt Rob und trommelt sacht mit den Fingerkuppen gegen die Kasse.

Ich wohne seit vier Monaten direkt gegenüber der Tankstelle in diesem Fachwerkhaus. Seit meine Tante wieder solo ist, ist sie umgänglicher geworden. Ich kann umsonst bei ihr wohnen, nachdem ich mit meinem Vater nur noch Stress hatte. Sie arbeitet ein paar Kilometer weiter in dem Gewerbegebiet, und sie hasst es, abends in ihr leeres Haus zu kommen. Wenn ich noch nicht da bin, weil ich mich beim Schichtwechsel so wie jetzt mit Rob ein bisschen verquatsche oder aus den Augenwinkeln Manja beäuge, ruft sie kurz auf dem Handy durch, und ich gehe dann zu dem Fenster, in dem unten die Zeitungen liegen und oben die Süßigkeiten aufgereiht sind. Sie steht in der Holztür von ihrem schiefen Haus, und ich winke kurz rüber. Sie lächelt mir zu: Sie weiß, dass ich dann nicht mehr lange auf mich warten lasse.

Seit dieser Sache im letzten Winter, als die Entenfüße am Teich beinah festfroren, weiß ich noch weniger, was ich mit meinem Leben anfangen soll. Ich saß auf dem bordeauxroten Sofa, und Manja spielte mit meinem Haar und legte mir ihre Hand in den Nacken, und dann waren ihre Lippen an meinem Ohr. Was sie noch flüsterte, als sich die Nacht wie ein schwarzes Laken zwischen die Fensterrahmen spannte, weiß ich nicht mehr; ich habe nur den scharfen kalten Hieb gehört, der im Morgengrauen in meinen Kopf einschlug, und danach habe ich Nächte lang mit meiner Freundin Franzi geredet und eine Millionen Tränen geheult.

Meine Tante will mir ständig irgendwie helfen. Sie ist nicht gerade diejenige, die Ratschläge erteilen sollte, aber immerhin, sie versucht es. „Mensch, Melanie", sagt meine Tante und tätschelt mir die Schulter, wenn ich abends in ihrem Wohnzimmer meine Verzweiflungsattacke kriege und heimlich einen Schluck nachgieße, während sie zum Klo geht. „Jetzt lass mal ein paar Monate ins Land ziehen, Melanie", sagt sie ernst, wenn sie zurück ins Wohnzimmer kommt, und die Wasserspülung mit einem gewaltigen Gurgeln in den Rohren rumpelt. „Irgendwas findet sich immer!", sagt meine Tante.

Sie lässt durchblicken, dass sie Rob ohnehin nicht passend fand. „Andere Mütter haben auch schöne Söhne, Mel", sagt sie, wenn wieder einmal die Rede darauf kommt, dann zwinkert sie mir zu und schenkt sich großzügig von dem trockenen Martini nach.

Bei ihr hat sich seit der Trennung von dem Altenpfleger bisher leider nichts gefunden. Beim Frühstück jammert sie, weil sie einen gigantischen Kater hat. Sie arbeitet in einem Supermarkt; sie ist eine von denen, die in der Nähe der Kassen hinter einer verspiegelten Glasscheibe sitzen. Sie ist unglücklich, aber sie kriegt den Arsch nicht hoch, genauso wenig wie Rob, der es höchstens bis Köln und wieder zurück schaffen wird. Ich winke ab. „Schon gut", sage ich, „ich bin drüber weg. Du hast Recht, es hat nicht gepasst! Er ist schon okay, aber so richtig gepasst hat es nicht!"

*I*

Ich sehe, wie Manja Sonnenmilch auf ihrem Gesicht verreibt, bevor ich einem sehr dicken Mann nach einem Handkantenschlag gegen die Kasse einen Zwanziger und ein paar Münzen herausgebe. „Für dich, Kleine", sagt er, als er mit einem dreckigen Grinsen exakt dreizehn Cent in meine Richtung schiebt. Ich sage nicht danke; ich sage gar nichts und blicke ihm ausdruckslos in die Augen, bis er sich murmelnd abwendet und die Tür seines Transporters zuknallt.

„Arschloch", sagt Rob.

Er mag dicke Männer nicht. Er mag überhaupt keine Menschen mit Übergewicht. Zu mir ist er immer nett gewesen.

Manja blinzelt dem Mann nach. Dann blickt sie in unsere Richtung. Ihre Lippen bewegen sich; sie spricht in ein Handy und verdreht theatralisch die Augen und hat die rasierten Beine in die Fahrertür gelegt. Ich weiß, dass sie diese starke Behaarung an den Beinen hat, und wie genervt sie ist, weil sie ständig mit dem Rasierer zugange sein muss. An ihren Zehen hängen die Riemchen von diesen Markensandalen, die sie im November, als wir in Holland waren, in einem winzigen Secondhand-Laden gefunden hat; wir kannten uns damals noch nicht so lange. Ihr Vater hatte einen Job als Mechaniker in der Landmaschinenfabrik ergattert, und sie waren aus Sachsen hierher gezogen. Wenn sie loslegte, verstand man sie kaum, alles lachte über sie.

Es war eine verdammt harte Zeit für sie bis zum Abi. Ich lud sie in das Apartment meines Vaters ein, wir hatten den Zug genommen und dann den Bus, und als wir geduscht hatten, fingen wir an, uns zu langweilen. Wir verließen das Apartment meines Vaters und liefen schweigend durch die leeren Straßen. Dann saßen wir wortlos nebeneinander in einem schlecht geheizten Café in Egmont aan Zee. Unsere Ellbogen lagen nebeneinander, bleiern und warm, an meinem Handgelenk tickte der Puls, und später waren wir durch die Dünen gelaufen und hatten dem schweren Gewoge der Nordsee gelauscht, deren Wellen sich ächzend in der Dunkelheit brachen. Mir war kalt an diesem Abend; ich war verloren vor Glück und von der Aussicht, sie in der Nacht betrachten zu können. Das

Flattern der Lider im Traum, das Heben und Senken des Brustkorbs. Das leise tröstliche Rasseln der Kehle. Es waren drei lange weiße Nächte; mir stockte der Atem, wenn sie sich herumwarf, murmelnd die Hände zwischen die Schenkel legte, ich liebe dich, Manja, ich liebeliebedich flüsterte ich ein ums andere mal.

Ich liebe dich.

Kurz nach diesem Holland-Urlaub hatte sie ihre Lippen auf mein Ohr gelegt, es war Advent, ihr Vater lag auf der Intensivstation, und später hatten wir kichernd unter der Dusche gestanden und uns eingeseift. Und dann ging es wieder von vorne los, die ganze Nacht hindurch, in der wir die Beine umeinander schlangen, wie weiche wilde Pflanzen, und unsere wunden Lippen voneinander nicht genug kriegen konnten.

Nach dieser Nacht zeigte mir Manja die kalte Schulter und der Stress mit meinem Vater fing an.

„Das wirst du mir nicht antun", beschwor mich mein Vater. „*Das* wirst du mir *nicht* antun!" Er sagte nicht, was ich ihm nicht antun sollte, aber ich wusste es, und er wusste, dass mir klar war, wovon er sprach. Er sprach von dem Unaussprechlichen, das sich vielleicht in Berlin ereignete, vielleicht in München, vielleicht in Köln. Aber nicht hier – nicht hier bei uns im Ort.

*Das* wirst du mir *nicht* antun!

Mein Vater war sehr blass in diesen Wochen, der Todestag meiner Stiefmutter jährte sich; er hatte rote Augen, und dann kam ich noch an und heulte wegen einer Schickse aus Sachsen herum. Wir sprachen nie mehr darüber; ich riss mich zusammen und stellte das Weinen ein. Und dann habe ich meine Tante angerufen. Der Altenpfleger war vor zwei Tagen ausgezogen.

„Wie du das aushältst, mit diesem Rob", ruft meine Tante manchmal, „die ganze Zeit in der Tankstelle. Schließlich wart ihr ja mal ein Paar." Ich nickte unbestimmt in ihre Richtung. „Aber ihr jungen Leute seid heute ja sehr vernünftig mit so was", sagt sie, sie fährt sich ratlos über die Oberarme, und ich sehe ihr an, wie heilfroh sie ist, dass sie keine Schicht mit ihrem Altenpfleger schieben muss, mit dem sie vier Jahre zusammen war.

Das Handy klingelt, und ich trete zum Fenster, um meiner Tante zuzuwinken. Feierabend. Sie sieht schlecht gelaunt und erledigt aus.

Manja holt die Beine in ihr Cabrio zurück.

„Es kann noch einen Moment dauern", sage ich hastig zu meiner Tante und lege auf, bevor sie antworten kann. „Echt jetzt", sagt Rob und schiebt sehr langsam die Handflächen tief in die Taschen seiner hautengen Jeans. „Was macht die bloß so lange hier? Wartet sie auf den Retter mit dem weißen Pferd?"

Als hätte sie ihn gehört, richtet Manja sich auf und legt die flache rechte Hand wie den Schirm einer Mütze gegen die Stirn. Sie öffnet die Autotür. Rob drückt das Becken gegen den Tresen und trommelt mit seinen schlanken Fingern gegen den Reißverschluss seiner Jeans. Seit neuestem trägt er einen Silberreif am rechten Handgelenk.

Er räuspert sich und kratzt sich hinter dem Ohr.

„Siebzig fünfzehn", sagt er zu der weißhaarigen Frau, die ihren Golf voll getankt hat.

Er lächelt.

Er gibt ihr das Wechselgeld heraus.

„Heiß heute", sagt Rob, „aber morgen soll es endlich mal regnen."

„Das können wir brauchen", sagt die Frau. Sie hat freundliche Augen, und in der Tür macht sie einem dunkelhäutigen Jungen Platz, der mit einer knatternden Vespa gekommen ist und Grillkohle kaufen will. Er hat den Papiersack von draußen mit hereingebracht.

„Schön schwarz, die Grillkohle", sagt Rob. „Genau richtig für euch, was? Was wollt ihr denn heute drauflegen?"

Der Junge antwortet nicht.

Er schiebt mit unbewegter Miene einen Schein über den Tresen und wartet auf das Wechselgeld. Das Weiß seiner Augen leuchtet wie altes Elfenbein. Ich sehe, wie Rob die Lippen spitzt und mit einem langen Pfeifton Luft entweichen lässt. „Lass mal den Auspuff machen, Kollege", sagt

Rob langsam. „In unserem Land wird so was geregelt, klar? Muss ja nicht sein, dass man dich bis Uganda hört."

„Hey, Rob", sage ich. Ich nehme ihn zur Seite, als sich die Tür hinter dem Jungen geschlossen hat. „Nun mach mal halblang, Rob, was soll der Mist!" Er schüttelt mit einer wütenden Bewegung meine Hand ab und kaut nervös auf der Unterlippe.

Ich zucke mit den Schultern und sehe dem Jungen nach.

Im Westen verfärbt sich zögernd der Abendhimmel.

„Endlich!", sagt Rob und hakt die Daumen in den Bund seiner Jeans. „Der Prinz ist gekommen, der Retter!"

Der Retter ist ungefähr fünfzig, er ist mit einem Mercedes der S-Klasse da. Er gibt Manja einen flüchtigen Kuss und wehrt sie mit einer geschmeidigen Bewegung ab, als sie sich an ihn pressen will. Er umfasst mit beiden Händen ihre Oberarme und redet auf sie ein. Dann gibt er ihr einen Briefumschlag, guckt nach links, guckt nach rechts und fährt los, ohne auch nur einmal zu winken.

„Blöde Fotze", sagt Rob. Er wendet sich mir zu und verdreht die Augen. „Eine saublöde Fotze ist das. Die lässt sich aushalten von dem Daddy, wetten?"

In meiner Hosentasche klingelt das Handy. Meine Tante. Ich starre Rob an. „Halt die Schnauze, Rob", sage ich. „Noch einmal dieses Wort und ich hau dir die Fresse platt, klar?"

Er kratzt sich verwirrt im Schritt. Wort – welches Wort? Manja ist mit dem Tanken fertig und kommt mit wiegenden Schritten auf uns zu. In der rechten Hand hält sie einen Geldschein. Ich laufe an ihr vorbei und gucke auf den Boden und versuche, nicht in Ohnmacht zu fallen: Für mich ist sie ganz einfach Luft.

Vorm Haus steht meine Tante. Sie unterhält sich mit dem Nachbarn; er hat seit neuestem Solarzellen auf dem Dach, und meine Tante überlegt, ob sie das auch machen soll. Ich nehme ohne ein Wort die Treppe nach oben. In meinem Zimmer drehe ich den Schlüssel und lasse mich aufs Bett fallen. Ich tippe mit fahrigen Fingern die Nummer von Franzi ein.

Ich weine. „O Scheiße", sagt Franzi. „Du bist nicht drüber weg, stimmt's? Du willst sie immer noch, hab' ich Recht? Scheiße, Melanie, eine verdammte Scheiße ist das!"

Ich beende das Gespräch und drücke mein Gesicht in das Kissen, und der schwere stille Schlag meines Herzens treibt mich wie einen Kreisel um, neu; immer neu um die eigene Achse.

Immerneuimmerneu.

# PETER SPAFFORD

## Sechs Gedichte

Aus dem Englischen übersetzt von Ralf Thenior

**Die lachende Frau (eine Gespenstergeschichte)**

Meine Mutter sprach oft von ihr.
Sommernächte, die leisen, leichten Töne,
getragen von Steinen erwärmter Luft.

Stoß das Laken von dir, lauf zum Waschbecken.
Meine Mutter, mit dreißig, unklug verheiratet,
schaut auf den Schlossplatz aus ihrem offenen Fenster.

Und da ist es wieder, Vogelbebop, Glasgekräusel.
Ein selbstsicheres Lachen.

Schau, die Schleppe eines Ballkleides.
Hier, im Dunkel eines Torbogens, das bleiche Oval
eines zum Himmel gerichteten Gesichts.

Die lachende Frau, worüber lacht sie?
Die Eitelkeiten des Kummers, die Notwendigkeit von Schlaf?

Als seien sie alle zusammen, die Toten,
in einer Bar, tanzen, lachen sich schlapp,
diese Widergängerin ist kurz rausgegangen, um Luft zu schnappen,
bevor, grinsend, Haar zurückgeworfen, sie wieder hineinschlendert.

## Erinnerungen an Hohenschönhausen, Ostdeutschland

*Hohenschönhausen war ein Stasie-Gefängnis in der ehemaligen DDR,*
*in das politische Gefangene gesperrt wurden.*

In Frieden pissen. Du brauchst nicht viel.
Denk Alltagsgeräte. Küche. Treibhaus.

Wir haben Eimer genommen. Stahleimer, mit scharfer Kante unten. Versteht ihr worauf ich hinauswill? Worauf dies hinausläuft? Draht und Totschläger sind für die Bullen.
Das ist doch Pisskram,

denkst du. Auf einem Eimer zu knien. Fünf Minuten. Zehn. Mit verbundenen Augen. Knie auf der scharfen Kante, dein Gewicht zieht dich herunter, stundenlang. Herunterfallen. Auf den Eimer zurück. Herunterfallen. Auf den Eimer zurück.

Einfach, denkst du. Ein umgedrehter Kübel. Hättest du selber drauf kommen können. Denkst du. Und das will ich damit sagen. Schlauheit ist unnötig. Common sense.
Und was gerade zur Hand ist.

## Getrennt

Ich habe eine Schwester, ein Zwilling. Wir beide
wurden zur Adoption frei gegeben
in verschiedene Familien. Wir haben uns nie
getroffen, eine seltsame Sache.
Ich werde überall gesehen. Lincoln. Sleaford,
Orte, wo ich nie war. Und

Fremde nähern sich mir immer
in Läden, auf Gehwegen, in Kinos,
klopfen mir auf die Schulter. Hallo! Dann,
'tschuldigung, dachte … Wir müssen uns treffen
eines Tages, werden uns auf der Straße entgegenkommen,
sie wird stehen bleiben, ich werde stehen bleiben, vielleicht auch nicht.

## Kniehöhle

Kniehöhle; unbenanntes Tal, geruchlos,
vergessener Ort, den Finger selten aufsuchen,
es sei denn, um zu kratzen.

Achselhöhle, ah, voller scheuer Versprechen,
Stellen zugeneigt, die wir gern besuchen möchten.
Der Schweißtropfen, der aus dem Schatten zur Warze schlüpft –
wohin führt die schlichte Kniehöhle?
Zur Socke und dem Knöchel.

Arme Kniehöhle, Handlanger des Knies,
das schrille Gelenk, das hüpft und wackelt,
dann im mittleren Alter vor Schmerzen grummelt.
Und beklagt sich die Kniehöhle? Schon mal Pillen
für die Kniehöhle geschluckt, zum Glätten eingecremt?

Schlicht, ungelobt. B-Seite, dunkle Seite des Mondes.
Ungeliebter Park am Rande der Stadt, ungenutzter Raum.
Freund, ich bitt' dich, wenn nächstens Hand oder Mund auf Reisen gehen,
kitzel die, die selten lächelt. Beschwinge mit Zunge
die introvertierte Stelle, die nicht nach Liebe heischt noch schreit,
doch warte noch, steig abwärts,
steige noch tiefer hinab.

## Die Geschichte erzählt er oft

Ich, andererseits
erinnere mich an nichts aus jener Nacht, außer der Eiskrem; oh, Elias, der
seine Ärmel aufkrempelt und mit den Händen ins Klo greift; der Ring gehörte seiner Mutter. Lass es, sagte Rose, es könnte zwischen die Bretter
gefallen sein. Oder in Phils Tasche. Ein Mann, den niemand kannte, saß in
einer Ecke und riss Seiten aus dem Goldenen Notizbuch, während David
in den Zimmerfarn kotzte.

Ich, andererseits
nüchtern wie ein frisch geschlüpftes Rotkehlchen, lehnte am Herd, Zichte
im Band meines zerknautschten Stetson. Gottseidank fand ich meine Har-
monika. Bevor Jan sich daran erinnerte, dass sie eine Geige hatte. Foggy
Foggy Dew spielte ich glaub' ich, als Jack auf dem runden Tisch ein-
schlief, seine Hand immer noch fest auf der Brust des spanischen Mädchens. Es war ziemlich weit draußen und zischte nachher mit Matt in
einer Taxe ab.

Ich, andererseits
erwachte mit der Zentralheizung in Farzanas Bude, Sonnenlicht auf dem
Gesicht, meine Füße auf einem Hund. Es schien ihm nichts auszumachen,
und wie offensichtlich klar war, schlief er mit Farzana. Fazz selbst, mit
der ich zuvor noch in der Nähe des Verkaufsautomaten gesprochen hatte,
war draußen in der Küche und sang einen Kessel zum Kochen. „Shout,
shout, let it all out". Als sie später mit Jasmintee hereinkam, war sie nicht
völlig nackt.

Ich, andererseits –

## Literaturmuseum

Dreieckiges Schreibgerät, Stift aus Blei,
Gänsekiel, Schwanenfeder, Kartografengriffel, Schreibpinsel,
Bleistifte: Karbon, Holzkohle, Radiergummis. Würde man erwarten.
Doch in diesem Museum:

Goethes Löschblatt, Kafkas Bett,
Die Streichhölzer beinah von Max Brod benutzt, um die Tagebücher
anzuzünden.
Becketts Taschenflasche, eine rosa Serviette aus dem Café in Edinburgh,
in dem Jane Rowling auf einen linierten A4 Block starrte.

Auf Samtplüsch ein Päckchen Präservative
im Globe in der Bedale Street von „Brideget Jones" gekauft,
eine Phiole bräunlichen Wassers von der Ouse
aus den Lungen von Virginia Woolf.

Setz die Kopfhörer auf, hör selbst das Kratzen des Federkiels
und die Fürze Montaignes, den Seufzer Prousts im Korkzimmer,
das Atmen von Eloise am Hals von Abelard.

Hier im Atrium das Kreischen der Kreide auf der Wandtafel, Tintengeruch,
ein Schmerz im Arm, ausgeschüttelt von einem Skribenten in einer
Herbstnacht 1082
und unten im Keller das Gerassel des Tintenstrahldruckers,
der sich auf Seite 94 festgefressen hat.

Ein Kiesel vom Strand von meiner Mutter als Briefbeschwerer benutzt
neben
einem Gedicht, das der junge Bursche Carlton im Doncaster Knast
schrieb,

hinten in einem Glashafen die eingelegten Augen eines Mannes
der die Bibliothek von Alexandria brennen sah.

Und hier in der Halle unter gefärbtem Glas eine Einkaufsliste
gefunden in der Handtasche von Sarah Beardsley, verstorben, nächst einer
leeren Schublade mit dem Inhalt ihres langen, vollen Lebens, das
                                        niemand niederschrieb.

# SASKIA STEHOUWER
## Sieben Gedichte
Aus dem Niederländischen übersetzt von Ralf Thenior

was die wasservögel betrifft
ich behaupte nicht dass ich sie gesehen habe
ich sage nicht dass sie schwarz waren
oder schwammen
vielleicht waren sie
den tag gar nicht da

sie warfen ihre federn ab
und rannten weg

die flügel
im gras
kindersocken

## brief an unsere leser in übersee

nun sind wir diejenigen
die unsere sachen tragen
in die häuser von freunden
die in der hosentasche
der vermittler verschwinden

nun sind wir diejenigen
die an bord gehen
um über einen see zu fahren
dessen ende wir nicht kennen

einmal werdet ihr diejenigen sein
die warme kleider anziehen
die zögernd bekanntschaft schließen

wie lange bleiben wir zusammen

nun sind wir diejenigen
die unseren müttern nichts sagen
die unsere kinder beruhigen
ihnen vormachen wie sie schwimmen sollen

bald werden wir diejenigen sein
die ruhig schlafen
in unserem neuen haus
auf ihrem grund

**dokument**

das enkelkind der familie abramovic
sitzt auf einem kummer der nicht sein eigener ist
ein kummer den die besitzer zurück haben wollen

wenn du schon seit jahren gute arbeit geleistet hast
können sie dich dann akzeptieren
oder solltest du etwas über ihre welt sagen
wodurch die welt sich vor ihren augen verändert

ich bemerke dass ich darüber auf spaziergängen oft nachdenke
wie kann ich etwas sagen dass die welt
verändert in die welt die ich sehen will

das enkelkind der familie abramovic
hat zu kurze wurzeln
wird von jedem sturm umgeweht
wenn es sich aufrappelt hat es vergessen wo es stand
und es kann nichts sagen das die welt verändert
weil seine welt sich ohne sein zutun versetzt
und die welt seiner vorfahren zum stillstand gekommen ist

ohne schultern bleiben sie aufrecht stehen
misstrauen dem enkelkind das nichts gesehen hat
wollen dafür sorgen dass es niemals etwas zu sehen bekommt
und schweigen

**besuch**

haar weist norwärts
hände wedeln einen befehl
zur tasche die unerreichbar auf dem pflaster liegt
ein pfad der in flüsternden automobilen mündet
ein vater der vorsichtig sein kind auf das bahngleis schiebt

sie berührt meinen schädel
nahe der stelle
wo du fragtest
was ich werden wollte

niemand kommt sie holen
ihre stimme kein vergleich
mit ihren dreschenden armen
ein körper der aufsteigen will
über all die neuen gebäude
über seine alte haut –
was arrangiert werden kann
wartet man lange genug

es gibt kein kleingeld in diesem dorf
es gibt frauen mit bärten
und regennasse kinder

wir suchen die nüsse aus der mültonne
und versammeln uns um den tisch
komm zu uns
wir sitzen hier noch

/
41

**jetzt**

und so könnte es einen mann geben
in Nordhümmling der einen windmühlentag organisiert
während eine frau in Kalkutta einen teppich webt
der nur aus schuhbändern besteht
du musst den verschluss nicht auf die flasche tun
denn es ist zu kalt um irgendetwas anderes zu machen

hier wo der wald endet
für ein unklares doch aggressives feld
das seinen zaun wie ein armband trägt

zwischen den kartoffelschalen
und der hastig angekleideten braut
sitzt die hauskatze die berechnet
welcher vorteil sich aus dieser situation ziehen lässt

es ist eine frage der haut
dick genug um die küchentür
über nacht offen zu lassen
falten die proviant enthalten
für magere jahre

du brauchst den herbst
um durch den winter zu kommen

**wir schicken niemanden zu bett**

zeichne einen fisch
damit ich sehe was deine hände tun
zeichne einen fisch

wir lehren niemanden für alte damen aufzustehen
wir wählen keine schulen

wir können essen wann wir wollen
niemand erzählt uns etwas anderes

zeichne einen baum
damit ich sehe wo deine füße stehen
zeichne einen baum

niemand sagt das erste wort gegen uns
niemand wird so gehen wie wir
wir phantasieren unsere namen auf papier

zeichne ein haus

unsere zeit trägt einen klaren blick im auge
in unseren kopf passt ein extrabett
unsere ohren breiten die arme aus

wir kalibrieren neu
wir verfehlen nicht

/

## sichten

für den der sich fühlt wie ein raum ohne boden
für den der denkt dass er nicht frieren soll
für den der in grünen flipflops an der see entlanggeht
wisse dass der feuerlöscher gesichert ist
mit speziellem gelbem draht
dass es einen nachbarn in deiner strasse gibt
der mit seiner katze gassi geht

wisse dass das sorgfältige studium
eines marienkäfers
sich zu einer lebensaufgabe auswachsen kann
dass der apfelbaum ganz plötzlich
wieder aufleben möchte

für den dessen kopf in abteilungen gegliedert ist
dessen milch nur im uhrzeigersinn gerührt werden darf
der sich fragt ob das gas abgestellt ist
vertraue darauf dass eine schnecke die man über einen graben wirft
auf der anderen seite ein neues leben beginnt
dass aus einem gemalten haus ein anderes haus wird
dass alles ein zeichen ist

wisse dass der geruch des friedens in jeder achselhöhle ruht
dass das zuziehen des vorhangs nur zufriedenheit bringt
wenn keine bahngleise dahinter verlaufen

# ANDREAS MAND

## Der zweite Garten

(Auszug)

**Angenehmer Zeitgenosse** ▸ Ja, ein glückliches Wochenende. Warum?
Weil wir als Paar lebten. Weil Miriam weniger belastet war. Weil, ich
weiß nicht woher, die Liebe zurück kam. Die Sorgen, Ängste und Vorwür-
fe waren zwar immer noch da. Gestern zum Beispiel, als ich aus irgendei-
nem Grund darauf kam, wie ich mit 26 oder wann vom Arbeitsamt nicht
vermittelt werden wollte, sagte sie: „Oh, weh." Meinte wohl, dass dort
eine Weiche gestellt wurde, die in die derzeitige Sackgasse führte. „Hör
mal", sagte ich, „hätten wir uns sonst je kennen gelernt?" Mag sein, ich
hätte trotzdem für Holgers Fanzine geschrieben und er hätte mich Jahre
später auf seine Hochzeit eingeladen, also begegnet wären wir uns vielleicht, aber wäre ich noch mal zurück gefahren?

Moritz' glückliche Heimkehr: ein erster Anruf von einer Raststätte gegen 9, Miriam war dran. Seine Stimme noch tiefer als man sie in Erinnerung hatte. Verabredungsgemäß meldete er sich noch mal, als der Bus die
Autobahn verließ. Auf dem Parkplatz stand er mit seinen Freunden, ein
langhaariger Flaumbärtiger in meiner zerknitterten Trainingshose, im
rechten Ohr der verräterische, weiße Stöpsel. Wir begrüßten uns, ich
nahm seinen Seesack. „Habe ich euer Vertrauen missbraucht?" fragte er.

Das ganze Wochenende seine Musik von oben. Der charakteristische kleine Knall, wenn er den Player am Ohrhöreraugang seiner Mini-Anlage an-
schließt. Was läuft da? Die Ärzte: DER HIMMEL IST BLAU / 2000
MÄDCHEN / REVOLUTION. Nicht die schlechteste Lieblingsband für
einen Fünfzehnjährigen. Ich bestelle das ersehnte Songbook zusammen mit
Uwes Französisch-Übungsheften. Glücksgefühle, weil der Große wieder da
ist und sich sogar in kontroversen Diskussionen als der angenehme Zeitgenosse erweist, der er von Anfang an gewesen ist – wenn nicht gerade mit

*/*

Lateinvokabeln zur Verzweiflung getrieben. Er hat Schlaf nachzuholen, hält Mittagspause und geht abends früh zu Bett, während wir anderen einen skandinavischen Jugendfilm sehen. Müde, aber zufrieden, unverletzt und hat Skifahren gelernt. Sich mit seinen Freunden genervt, nicht in die Doofdisco gegangen aus eher musikalischen Gründen, und offenbar hat ihm das alles gut getan. Fröhliche Eltern in altersgemäßer Bescheidenheit. Im Keller läuft die Waschmaschine dreimal hintereinander …

**Dissonante Schulechos** ▸ Wie schwer es ist, ein Buch zu schreiben, das neben seinem Anspruch auf Wahrhaftigkeit und Vollständigkeit nicht nur mir und den Lesern, sondern auch allen Mitspielern gefallen soll. Es werden Leute lesen, die kannten Uwe als alten Mann? Anzunehmen, dass Miriam kein Interesse hat, ihre Magen-Darmprobleme verhandelt zu sehen. Aus ihrer Sicht wird das ein trostloses Wochenende. „Nichts Schönes", sagt sie, weil sie die Navid Kermani Veranstaltung als öde Pflicht begreift. Nichts Schönes habe auch ich zu erwarten, nämlich von Kermani abgesehen die üblichen dissonanten Schulechos. Gestern zu sehen, wie sie Uwe behandelt, der heute die Englischarbeit schreibt, war echt zum Kotzen. Bezweifelt niemand, dass sie Stress hat, aber wenn sie hier herumläuft wie ein losgerissener Benotungsautomat?

Vielleicht wird das Ergebnis meines Nachdenkens sein: dass die Kerbe längst vorhanden war, in die sie täglich hackt? Dabei wäre es so leicht, das Leben zu genießen in der höchst angenehmen Gesellschaft unserer Söhne zum Beispiel. Dass einer von ihnen heute Morgen mal wieder nicht die Klobürste benutzt hat? Da mosere ich pflichtgemäß, weil ich ihnen das noch abgewöhnen will, aber im Grunde ist es mir egal. Dass Moritz erkennt, „Chemie ist nicht mein Fall"? Gratuliere zur Selbsterkenntnis! Statt den Sackgassenblues anzustimmen, kann man an diesen schönen Vorfrühlingstag auch mal aus dem Haus gehen und sagen, so. Ich würde Miriam gern von ihren Belastungen befreien, aber ich habe es nicht in der Hand. Ich kann ihr nur weiter entgegen kommen, wie ich ihr jahrelang entgegen gekommen bin, aber der Erfolg scheint zweifelhaft. Wenn ich zum Beispiel an ihrer Stelle mit Uwe Englisch übe, kann das sehr gut dazu führen, dass es ihm völlig unerträglich wird.

Spät abends sieht sie Frau TV, wo es passend um die soziale Absturzgefahr von Hausfrauen geht. Super, lasst uns alle WDR-Moderatorinnen werden. Vielleicht ist das der Grund, warum mir ein Katalog für Wetterjacken und Zelte heute so interessant vorkommt. Oder liegt es an der jugendlichen Mitarbeiterin, die da mit ins Zelt durfte?

**Isolationsmessung** ▶ Wie aus früheren weltpolitischen Krisen geläufig, macht einen der Dauerbeschuss aus Sondersendungen und Themenseiten irgendwann verrückt. Dritter Tag des Testabos: Titelseite Kommentar, Rückseite blöde Witze. Drucken aus, was sie sowieso im Kopf haben. Kernschmelze gehört zur Kernkompetenz.

Gestern gab es hier einigen Unfrieden. Begann mit elterlichem Genöle darüber, dass die Jungen morgens nur schwer aus dem Bett fanden. Miriam sah darin das erzieherische Versäumnis, sie abends nicht zeitig hochgeschickt zu haben. Mit dem Mittagessen war's auch schwierig. Ehrlich gesagt hatte ich vergessen, dass Uwe in der siebten Stunde Kunst AG hat. Sandte Moritz, ihn einzusammeln ... Nachmittags verschrieb die Hautärztin erstmals eine Tinktur gegen Aknepickel. Hier dann der Versuch eines gemeinsamen Teetrinkens, das wie folgt eskalierte: ich fiel Uwe in den Arm, als der den sorgsam ausgewählten Kluntje in seiner Tasse versenkte. „Das ist der größte Kluntje der Welt, der muss ins Museum!" Miriam schoss sich auf sein Dauertelefonieren ein. Es ging in die Richtung, den Elfjährigen wegen vermeintlicher, pubertärer Symptome aufzuziehen. Was passierte, er rannte aus dem Zimmer und schloss sich ins Badezimmer ein.

Typisch in diesen Jahren, mit kalter Nase im Arbeitszimmer zu sitzen, mit ungesund verschränkten Beinen auf einem halb kaputten Arbeitsstuhl, und schlecht durchblutete Finger zu haben. Gegen tägliche Hindernisse anzuschreiben: Frau Müller ist angekündigt oder Miriam wird zurück erwartet. Durchs Haus eilen, um die Fenster zu öffnen, und vage denken: wolltest doch was notieren? Was war's, ach ja, ob nicht solche Lästigkeiten den Text strukturieren? Dass die Zeit- und Pausenstruktur die geistige Gesundheit wahrt, dass mein Thema doch offenbar die Gegenwart ist – und die ist nunmal ein flüchtiger Stoff. Eine kurze Begegnung mit Uwe auf der Treppe, ein Lächeln oder eine Bemerkung, die man doch ansonsten gleich wieder vergessen hätte. Das Leben wie zerhäckselt von Alltagspflichten und Terminen. Ein beiläufiger Gedanke, während ich auf der knatschenden Holztreppe unterwegs bin, um nach dem Querlüften die Fenster oben wieder zu schließen, deprimiert durch die ohne mich stattfindende Buchmesse und den irgendwo zitierten Gedanken Richard Kämmerlings, dass ein Roman über Patchwork-Familien zu wünschen sei, womit ich ja nun leider gar nicht dienen kann.

Wir fahren zeitig los, es sind Ausweiskontrollen angekündigt, die im Vorfeld von einem Oberstufenschüler vorgenommen werden, der Moritz grüßt. Freie Platzwahl, ich steuere den gewohnten Abonnentensitz an. Blicke von oben auf die Würdenträger, mehrheitlich Kleriker. Links im Bild die Ministerpräsidentin Hannelore Kraft, in der Mitte Navid Kermani mit seiner Frau. Die vollverkabelte Kamerafrau mit tief geschnittener Hose und der Pressepulk mit Feuerwerk. Die schlanke Moderatorin und der Violinist einer lokalen Gruppe, die ein etwas süßliches Weltmusik-Gemisch spielt. Ein iranischer Arzt schlägt eine Art Zither an, es folgen Film-Einspieler und Redebeiträge. Ein Pfarrer kündigt eine Gedenkminute für die Opfer der Katastrophe in Japan an. Leicht schwankend an der Logenbrüstung stehend, sehe ich Kermani im Kreis von Kirchenmännern und Staatsvertretern die islamische Gebetshaltung einnehmen. Als die Musik wieder spielt, sind seine Frau und er die einzigen, die sich dazu bewegen. Nach einer eloquenten Laudatio wird der Preis überreicht, Dokument und Medaille, und das alles direkt unter uns. Eine Dankesrede gibt es nicht, sondern noch mal zwei kurze Interviewfragen, die der Preisträger zu vergleichsweise ausführlichen und durch Applaus unterbrochenen Statements nutzt. Wir grüßen zum Abschied das Wachpersonal. Unsere Räder aufschließend, erzähle ich Moritz von dem letzten Streit mit meinem Vater. Ich denke so was wie, wenn die sich weiter entwickelt haben, hätte er es wahrscheinlich auch geschafft.

Wieder sprang der Fehlerschutzschalter hoch. Ich ging zum Sicherungskasten, lokalisierte das Problem im Heizungskeller. Rief den Installateur an, der aber nur den Anrufbeantworter laufen hatte. „Man muss eine Isolationsmessung vornehmen", sagt er heute früh am Telefon. Ich verstehe ihn schlecht, muss erst das Fenster schließen, winke dabei Uwes morgendlicher Versammlung. „Isolationsmessung", wiederholt der Installateur, „wir können das auch."

Solche Probleme scheint Familie Modick nie zu haben. Es gibt keine Ehefrau, die ihren Beruf hasst und zur Strafe alle unter Leistungsdruck stellt. Es gibt keinen Autor, der sich bis zur Selbstaufgabe angepasst hat. Der natürlich immer noch kein Händchen für Topfblumen hat und wahrscheinlich sein Lebtag lieber eine Seite über das schmutzige Fenster entwerfen wird, als es einfach mal zu putzen. Der rein zeitlich nicht in der Lage wäre, einen milde lustigen Rückblick zu schreiben. Er widerspricht automatisch, als der Elfjährige von der Bewunderung eines neuen Schulfreundes erzählt. Woher überhaupt, weil nachmittags ein paar Minuten der Verstärker röhrte? Bei Klaus Modick hängt die Gitarre verstaubt und abgesaitet an der Wand; er spekuliert wiederholt darüber, ob seine Musikalität in die Bücher gewandert sei. Selbsternannt spricht er für die Familien. Schreibt für die mitalternde Stammleserschaft, die sich solche Werke leisten kann, während meine Schärfe wahrscheinlich nur die Ignoranten munitioniert.

Moritz, dem wir gelegentlich vorwerfen, was uns andererseits ganz recht ist, mangelnde Eigeninitiative nämlich – dass er auch am Wochenende auf das Schulklingeln zu warten scheint – wirkt wie gefangen zwischen unseren ständigen Ermahnungen, Lateinvokabeln oder Chemieformeln zu lernen und den nicht sehr genauen Freizeittips wie „Geh doch mal raus" oder „Warum verabredest du dich nicht". Wir weisen auf jugendliches Nachtleben hin, gestern etwa ein Konzert seines ehemaligen Gitarrenlehrers, und sind doch erleichtert, wenn er lieber zu Hause bleibt.

/

Überregionale Events blockieren wir grundsätzlich. So endet es logischerweise darin, dass er das ganze Wochenende am Computer sitzt, was wir auch wieder Scheiße finden.

Er hat entdeckt, dass ein Spiel mehr Spaß macht, wenn niemand es gewinnen will. Wenn man zum Beispiel beim Tischtennis nicht mitzählt, was ja nur möglich ist mit Leuten, die gut spielen, ohne jedes Mal dominieren zu müssen. Nächster Gedanke: Freut mich diese Ähnlichkeit zu recht oder müsste es nicht heißen, willkommen in der Sackgasse?

Während ich am Ende meiner morgendlichen Aufmerksamkeitsphase den Gedanken auszuformulieren versuche, stelle ich fest, dass die Stimmung wieder steigt. Miriam sagt: „Verlass mich nicht", worauf ich sie nur verwundert anstarren kann.

**I lost my children** ▸ Gegen den Massentourismus, dessen Teil ich war. Gegen die Studentin oder was sie war, die klingelnd und lauthals schimpfend ungebremst auf mich zuhielt, und ich war nur dem Reisebus ausgewichen. Aber die größeren Probleme hatten wir mitgebracht. Miriam sagte einmal: „Du hast dein Teil gehabt". So als verdiente ich mit meinen 51 Jahren nicht mehr, eine Liebesbeziehung zu haben, zu ihr nicht und natürlich auch sonst zu niemanden. Einmal träumte ich von ihr.

Drei verschiedene Stadtpläne dabei, entweder Ausschnitte oder unvollständig beschriftet. Sehr schön auch, dass die Straßenbahnlinien durch jeweils andere Straßen führten. Hinzu kam das Brillenthema, ich konnte das alles kaum entziffern und mit der Sonnenbrille, die eine reine Fernbrille ist, schon gar nicht. Deshalb auch die Basecap, die Miriam mir als unmodisch vorwarf. Ständig warf sie mir irgendwas vor. „70 Prozent der Ehen werden nach einem gemeinsamen Urlaub geschieden", sagte Moritz und bewirkte einen Moment überraschender Einigkeit.

Diese Reibereien sind nicht neu. Ich erinnere mich, wie sie während ihrer Berlinbesuche fassungslos war, wenn ich angesichts überfüllter Sonderausstellungen oder Schlangen vor Konzerten von 80-er Jahre Stars einfach wieder umdrehte. An einen Streit auf der Oxford Street, der allen

Ernstes um die Himmelsrichtung ging. Ich weiß aber gut, was für eine angenehme Gefährtin sie gleichzeitig war. Wo ihre weichen Seiten waren und wahrscheinlich immer noch sind. Mir ist klar, dass ich selbst Probleme habe oder wahrscheinlich aus weiblicher Sicht das Problem bin. Ich glaube nicht, dass ich in der Lage wäre, die flachsblonden Schönheiten, die sich am Grenzbahnhof hemmungslos zulaufen lassen, zufrieden zu stellen, und sicherlich stünde ich ohne Miriam noch sehr viel blöder da. „Kinder brauchen ihren Vater", sagte meine Mutter in anderem Zusammenhang. Aber hast du das schon mal gehört: ein Mann braucht seine Frau. Warum will sie sich nicht lieben lassen, was stört sie daran, wenn er ihre breiter gewordenen Hüften immer noch begehrt. Ich kann doch nicht an allem schuld sein. Ich kann nichts dafür, wie ihre Eltern oder Brüder oder auch sie selbst sich vor Jahrzehnten verhalten haben.

Alles verdreht sich. Diese seltsame 1930-er Atmosphäre, die der Amsterdambesuch ebenso annahm wie zuvor in Berlin. Dass die Kinder im Anne Frank Huis nicht mehr aufzufinden waren, wo ich mit meinem unsicheren Englisch einem pflichtgemäß besorgten, aber auch deutlich belustigten Mitarbeiter sagte: „I lost my children", und das als Deutscher im Haus des Mannes, der seine Kinder wirklich verloren hatte, während unsere, wie sich zeigte, in einem Nebenraum brav antirassistische Lernmaterialien ausfüllten.

Ich hätte den Urlaub ruiniert, durch mitgebrachte schlechte Laune alles verdorben, sie von einem Termin zum anderen gehetzt usw. Kann ja sein. Ich saß mit störrischer Frau und halb erwachsenen Söhnen auf einem Mäuerchen im Vondelpark und sah den Gruppen schöner, junger Menschen zu, Jugendlichen aus den anderen Hotels oder auch Studenten. Zwei Paare um eine Wasserpfeife direkt vor unseren Augen, die Frauen praktisch nur in T-Shirts, die Männer immer lustiger werdend. Das musste man ablehnen aus pädagogischen Gründen.

Erst war ich willkommen, frischer Wind und Großstadtflair, dann verdarb ich alles mit rätselhafter Melancholie. Natürlich bin ich ein komplizierter Typ, wen überrascht das noch? Ich kann nicht in allem nachgeben,

*/*

nicht, wenn es komplett in die Irre führt. Kann mich nicht erinnern, dass sie es auch nur einmal in einem freundlicheren Ton oder mit einem Scherz probiert hätte, immer wurde nur gekämpft und blockiert. Sie will andere Touristen fragen, ich gucke lieber selbst in den Plan, aber dann stimmt der nicht … Das war es wahrscheinlich, dieselbe Situation wie zu Hause – wieso sollte unter Reisebedingungen plötzlich alles besser sein? Also, was waren die entspannten Momente: als ich Uwe im Mau Mau gewinnen ließ, als wir im Eingangsbereich eine Partie Air Hockey spielten? Alle guten Momente hingen mit Uwe zusammen.

Richtig toll wurde es, als sie sagte, sie habe sich meine negative Art leider inzwischen angewöhnt, und das sei auch der Grund, dass sie in der Schule solche Schwierigkeiten hätte. Das heißt, ich bin jetzt nicht nur schuld, dass sie hin muss, sondern mache es auch dort ganz falsch. Dann hat sie es nicht so gemeint. Es läuft ungefähr so: erst liebt man sich, dann verlagert sich alles auf die dadurch entstandenen Kinder, dann werden die flügge und die Alten gucken zerrupft aus dem Nest. Das ist ungefähr jetzt.

Zufällig neben Geert Mak zu sitzen, nur durch einen Intercitygang getrennt, war wie ein Stück Heimat für mich. Er nahm dieselbe Haltung ein, in der auch ich in diesem Jahr zu erleben bin, in Großraumwagen schreibend. Klar, damit enden die Parallelen. Er schreibt gut recherchierte Sachtexte in einer lesbaren Schrift und ich meine wirren Gedankenketten in unlesbaren Krakeln. Nachdem ich nun solange Familienmann gewesen bin, ja gewesen bin, denn täglich entferne ich mich mehr davon, interessiert mich neuerdings die Frage, was kommt danach? Kann ich etwas werden, was ich in einer reinen Form vorher nicht war? Ich war nämlich zu jung. Aber inzwischen hätte ich diese Art Leben doch ganz gern.

**Überschreiben** ▸ Wir saßen im Schatten der Markise und sahen durch die lose flatternden Nähte, wie sich der Himmel bezog. Zweimal setzte ich mich um, weil das Sonnenlicht blendete. Eine ganze Weile befand ich mich meiner Mutter gegenüber mit Blick auf ihr Haus. Ich erzählte mit erhobener Stimme von den letzten Tagen und merkte, wie ich alles ins Komische zog. In dieser Stimmung, dachte ich, schreibt man einen erfolgreichen Roman.

Ich sollte mehr solcher Fahrten machen. Warum nicht nach Augsburg und München und dort einen Verlag suchen? Ich höre mich schon auf die höfliche Frage antworten: „Naja, ich arbeite an einem neuen Manuskript." – „Haben Sie es mit?" würde die Verlegerpersönlichkeit fragen. – „Sorry, nein, es ist wirklich noch ein Manuskript, muss es noch abtippen und so." – „Aha, und worüber geht es?" – „Über das Leben." – „Ist es persönlich?" – „Nun, es ist gleichzeitig persönlich und allgemein." – „Ist es wie ihre anderen Bücher?" wird jemand fragen, vielleicht mit dem besorgten Unterton, dass ich wieder wegen einer Werkausgabe rumspinne. – „Nein, es steht für sich. Es ersetzt sie. Es überschreibt meine alten Bücher, verstehen Sie?" Die würden mich groß ansehen und das wäre dann der entscheidende Moment.

Kaum sitze ich im Zug, werde ich gelassener. Drei Reihen weiter ein schnieker Jugendlicher, der mich an meinen Neffen erinnert, jedoch mit dunkler Haut. Noch anderthalb Stunden in diesem Zug, ich habe ein wahrscheinlich gutes Buch dabei und noch nicht die Kopfhörer ausgepackt. Bin schon irgendwie angestrengt – heiße Füße, eingeschlafene Arschmuskulatur – und ein aggressiver Telefonist bringt mich raus. Nur junge Leute im Wagen, was man ja auch mal genießen kann. Schülerpaar aus Löhne, er mit hochgegeelten Haaren und unfertigem Gesicht, sie eine kommende, uneitle Schönheit. Fotografieren sich gegenseitig und irgendwas sagt mir, die kennen die Liebe, wenn auch nicht unbedingt miteinander. Die typische Art junger Leute, im letzten Moment zur Zugtür zu laufen …

**Seite 59** ▶ In den Morgenstunden mich unruhig hin und herwerfend, von ihren Atemgeräuschen, glaube ich jedenfalls, geweckt worden zu sein, ihre Gegenwart zu spüren und sie gleichzeitig als unerreichbar zu empfinden, von erotischen Träumen gequält zu werden und zu noch quälenderen Fragen überzugehen. Nämlich: War es früher grundsätzlich anders? War sie je so, wie ich dachte, dass sie war? Sind wir nicht immer schon gewesen, wie wir uns heute auf die Nerven gehen, und haben das nur nicht recht wahrgenommen oder wahrnehmen wollen? War die Leidenschaft nur ein Kinderwunsch oder Kinderrisiko, und wenn ja, wie findet sich eine neue, gemeinsame Illusion? Wir kannten uns vorher ja nicht. Es gibt keine Heimat, wo sollte die denn sein? Ich will jedenfalls nicht dahin, wo sie herkommt, und wo ich herkomme, hatte ich gerade erst begonnen herauszufinden.

War doch klar, dass die Bedürfnisse der Kinder, die beruflichen Belange Miriams und viele andere Dinge wichtiger waren als meine Spezialinteressen, und mehr als einen minimalen Schonraum dafür habe ich nie verlangt. Was ich mitgebracht habe, ist ungefähr soviel wert wie die Bücher in den Wandgestellen. Je nach Stimmungslage verschieden taxiert, irgendwas zwischen angestaubter Identität und interessanter Tapete, intellektueller Zeitgenossenschaft und unlösbarem Platzproblem.

Man kann sagen, wie peinlich, der blieb in einer Stipendiumsstadt, man kann aber auch sagen, er hat es endlich gefunden, das Städtchen auf dem grünen Hügel, das er vom Abstellgleis eines Interzonenzuges sah, mit 18, als er zu seinen Eltern zurück fuhr, um ihnen mitzuteilen, dass er Künstler werden wollte. Seite 59 im Kinderduden: Brücke, Kutsche, Flussweg, im Hintergrund eine altmodische Stadt. Da wollte er gern rein und schaffte es für ein paar Jahre.

Wenn ich wie gestern durch eine Filiale gehe und die teilweise verschroben klingenden Titel lese und darunter Namen von Kollegen, die mir bisher nicht durch unerreichbare Meisterwerke aufgefallen sind, denke ich: So, hier könnte mein Stapel sein. Hier könnte das Buch liegen, auf dessen hoffentlich schlichtem Umschlag steht: Andreas Mand, „Wie schreibe ich einen erfolglosen Roman"oder „Traum von einem Tag" oder „Sehnsucht nach Miriam" oder wie immer es dann heißt. Hinten wäre ein Zettel mit der maschinenschriftlichen Empfehlung der Buchhändlerin und vorne ein Hinweis auf den fetten Literaturpreis. Darunter der täglich aufgefüllte Stapel mit den eingeschweißten Exemplaren … Und das wäre wohl das Ende. Undenkbar, unter diesen Umständen einfach weiterzumachen mit Spüldienst und alledem. Das wusste ich die ganze Zeit, und das war doch Grund genug, das Buch bis zum Ende der Familienphase hinauszuzögern.

Wie sollte ich dann der Mutter aus Moritz' Klasse begegnen, die gestern an der Getränkemarktkasse vor mir stand? Man hatte sich im Gang gegrüßt und über das Thema Glas- oder Plastikflaschen geplaudert, dann wieder aus dem Blick verloren. In der Schlange stand sie vor mir, und es gab einen Moment, da sah ich nur dumpf und unzensiert auf ihren Reiterarsch, und da drehte sie sich um. Es ist doch klar, dass es für so einen Satz Minuspunkte gibt, also bei Miriam bestimmt, und das zeigt doch wohl, dass so eine Literatur schwierig ist, und welchen Wert hat unehrliche Literatur, und die kauft mir erst recht keiner ab. Ihr werdet sagen, wollen wir alles wissen, und muss der Autor wirklich mitteilen, was er denkt, wenn er auf Amsterdamer Touristen-T-Shirts, während seine Söhne die nachgemachten Merchandising-Produkte anprobieren, ein Motiv entdeckt, das ihn an frühere Praxis und heutige Sehnsucht erinnert? Was hat das mit dem angemahnten gemeinsamen Interesse zu tun? Wie meint Miriam das überhaupt, geht es um altersgerechte Hobbies wie ihr manisches Nähen, nur eben zu zweit? Sucht sie eine neue Lebensaufgabe? Wieso, ist ihr Beruf keine? Rhetorische Frage, aber so ein Typ wie ich vergisst das immer. Das, was sie macht, will sie mir sagen, passt zu der Phase mit Kindern und Jugendlichen, und nicht besonders gut, wie sich herausgestellt hat. Aber die Phase wird nicht länger dauern als dieser Text braucht, um geschrieben und überarbeitet, verlegt und verkauft, verramscht und vergessen zu werden. Geht diese Zankerei neben dem, worum es immer geht, nämlich wer wen wann zu welchen Bedingungen ins Bett kriegt, um einen neuen Plan? Einen Plan für eine Zeit, die nie recht bedacht worden ist, oder nur in Form von schicksalshafter Krankheit? War sie nicht diejenige, die überhaupt eine Vorstellung von der Familienzeit hatte, während ich, nun ja, einen verborgenen Kinderwunsch hegte vielleicht, der aber im krassen Widerspruch zu meinen sonstigen Plänen und Gelüsten stand? Geht die Debatte um einen Tanzkurs, eine Partner- oder Gruppentherapie?

(„Hallo, ich bin der Andi und konnte mich nie davon erholen, Vater gewesen zu sein.") Fängt das Leben, wenn wir Glück haben und ich nur der altgewohnte Hypochonder bin, vielleicht gerade erst an? Sollen wir Pflegekinder aufnehmen oder besser ganz die Branche wechseln? Gibt es eine unerkannte Neigung, die eine späte Berufswahl ermöglicht, oder sollte man sich mit etwas bescheiden, das weniger anspruchsvoll ist? War die lange Familienphase die Strafe für die lange Jugend, und zahlen wir jetzt dafür ab und wie lange noch? Würde man sich noch mal füreinander entscheiden, aber ja, und jetzt komm endlich ins Bett.

# DANIEL ZAHNO
Vier Texte

## Beuys

Es war Hochsommer und ich suchte Kühlung. Verschwitzt trat ich in das Museum für Gegenwartskunst und freute mich über die angenehmen Temperaturen. Nachdem ich mir die Exponate in den oberen Stockwerken angeschaut hatte, landete ich im Untergeschoss, wo ein Werk von Beuys ausgestellt war: die Installation „Schneefall", 32 übereinandergestapelte, rechteckig zugeschnittene Filzmatten über drei abgenadelten und entzweigten Weihnachtsbäumen. In kurzen Hosen umrundete ich Schneefall, blieb vor den Filzmatten stehen und versuchte, mir einen Reim darauf zu machen. Sonderlich viel fiel mir dazu nicht ein, außer, dass sich der Künstler über das Museum mokierte. Die karge Installation machte kaum Eindruck auf mich, doch es reizte mich, eine Filzmatte wegzunehmen, um zu sehen, ob jemand merkte, dass nur noch 31 Matten da lagen. Der Wärter, der von Zeit zu Zeit auftauchte, sah mich mit Argusaugen an. Missmutig starrte er auf meine kurzen Hosen. Um ihn zu ärgern, verweilte ich extra lange bei den Filzmatten. Wieder zuhause juckte es mich furchtbar an den Waden, so dass ich mich unentwegt kratzen musste. Sie waren von unzähligen roten Flecken übersät. Flohstiche!, fuhr es mir durch den Kopf. Die Flöhe mussten aus den Filzmatten auf meine Waden gesprungen sein, hatten ganz im Sinne der Fluxusbewegung die Grenzen der Kunst aufgehoben und jene interaktive Beziehung zwischen Kunst und Betrachter geschaffen, die Schneefall selbst nicht herzustellen vermocht hatte. Die Museumsputzfrau hatte die Matten wohl nicht staubsaugen dürfen, und die Flöhe hatten die Chance genutzt, die These von der Offenheit des Beuysschen Werks stichhaltig zu belegen.

## Bichsel

Ich war mit Peter Bichsel auf einer Literaturparty. Merkwürdigerweise waren alle völlig nackt. Das mit den Schwänzen und Mösen könne er ja noch hinnehmen, sagte Bichsel, aber dass die Leute oben nicht offen seien und sich hinter Masken versteckten, das sei ein Skandal. Die Leute trugen zwar keine Masken, aber ich wusste, was er meinte. Irgendwann wurde uns das Ganze zuviel. Wir gingen ins Nebenzimmer, wo die Kleider der Gäste wild durcheinander auf einem Haufen lagen, und suchten unsere Unterhosen. Bichsel fand seine Sachen sofort, ich meine jedoch nicht. Ich war verzweifelt, meine Wäsche war weg. Schließlich hob ich eine Unterhose hoch, die grau war wie meine, aber einen anderen Schnitt hatte und stank. Zieh die bloß nicht an, sagte Bichsel und rümpfte die Nase. Das ist die vom Literaturbetrieb.

## Bürstchen

Das Zahnfleisch blutete und ein Eckzahn tat weh, darum kaufte ich in einem Drugstore bei Grand Central eine Packung Bürstchen für die Zahnzwischenräume. Zuhause öffnete ich die Verpackung, nahm eines der sechzehn blauweißen Bürstchen zur Hand, führte es vorsichtig in den Mund und versuchte, die Zahnzwischenräume von Essensresten und Plaque zu befreien. Aber ich kam nirgends hinein, das blauweiße Ding war zu groß oder meine Zwischenräume zu klein, meine Versuche vorne und auf der Seite scheiterten allesamt kläglich. Die Amerikaner, so wurde mir auf einen Schlag bewusst, hatten nicht nur größere Mäuler und Zähne, sondern auch größere Zahnzwischenräume. Mein Schweizer Gebiss war zu eng für dieses Land. Was tun? Die Packung war angebrochen, zurückbringen konnte man die Bürstchen nicht. Sie wegzuwerfen war schade, acht Dollar warf man nicht in den Müll. War es despektierlich, sie einem Obdachlosen zu schenken? Wieder draußen legte ich die Packung der älteren Schwarzen, die neben dem Eingang zu Grand Central auf dem Boden saß, in den Hut, hinter den sie auf einen Karton „Everything is welcome!" geschrieben hatte. Die Frau stockte, als sie die Bürstchen sah, nahm sie skeptisch zur Hand, begutachtete sie ausgiebig von allen Seiten, als wären sie von einem anderen Planeten, und schenkte mir schließlich ein Lächeln aus einem beinahe zahnlosen Mund.

## Das Ur

Das Ur, das ich in der Petite Camargue Alsacienne fotografieren wollte, kaute Gras. Es war ein gewaltiges Tier, etwa eins siebzig hoch, drei Meter lang, ein kapitaler Brocken. Seine Hörner, eine weiße Gabel mit schwarzen Spitzen, waren kräftig und weit ausladend. Doch seine Frisur war wunderschön, hatte etwas zart Verträumtes, seine Stirnfransen fielen ihm in einem dichten, märchenhaften Vorhang über beide Augen herab. Durch diesen Vorhang konnte es nichts sehen, und doch schaute es mich an. Es war unheimlich, wie ein Röntgenblick. Ruhig und unendlich gleichmütig stand es da, als ob es sich nie mehr bewegen wollte. Als meine Kamera piepste, scharrte es plötzlich mit den Vorderhufen. Dann schnaubte es. Erst leise, dann lauter. Leichtfüßig setzte es sich in Bewegung, so dass das Brackwasser aufspritzte. Als ich wieder zu mir kam, fraß es neben mir friedlich Brennnesseln. Zwei Meter weiter lagen die Reste meiner Kamera. Scheiße!, dachte ich. Als ich aus dem Spital entlassen wurde, ließ ich mir über beide Augen herab Stirnfransen wachsen. Wegen der Mähne bin ich seither nahezu blind, und doch habe ich so einen viel klareren Blick, ein fantastisch neues Lebensgefühl. Das Ur in mir weidet sich an der ungewohnt frischen Sicht auf die Welt, während der Mensch, der noch an der Kamera kaut, mehr und mehr ins Gras beisst.

# WALLE SAYER
Zwölf Gedichte

## Hinterm Haus

Regloser steht der Gartentisch,
seitdem die Mauereidechse
sich sonnt auf ihm.

## Stelzen

Die Postkarte aus China,
ewig unterwegs. Dazu am Rand
ein Schriftzeichen, das du doch kennst.
Und sicher etwas gänzlich anderes bedeutet:
Staksender Hofgänger, dich selbst
auf diesen Steckenfüßen überragend,
ein unbeholfener Storch stolziert.

## Scharnier

Wie eine Wohnstatt aus vier Strichen.
Wie die Liedschnur eines Flötenspielers.
Wie eine aufgehängte Reuse im Gezweig.
Wie ein Bettlergesicht als Geldscheinkonterfei.
Wie der Vollmond, der auf Balkonszenen wartet.
Wie eine Mauer, an der eine Tonleiter lehnt.

## Studierzimmer

In diesem alten Sessel,
noch mit Roßhaar gepolstert,
ist er bis zuletzt gesessen,
vor der morgendlichen Motivik
der verschneiten Dächer,
dem dämmrigen Druckmuster
der umgegrabenen Gärten,
wollte lieber für sich bleiben,
statt allein zu sein,
hat in seinen Kasualien geblättert
und in die Leere geschaut,
bis er ihr Geheimnis kannte,
sie das seinige.

**Bildbearbeitung**

Im Lichtklang,
im schattigen Rückraum,
im Schnittpunkt der Himmelsrichtungen:
Sorgenfalten in der Maserungsfläche einer Scheunenwand,
die umgefahrene Vertikale eines Straßenpfostens,
drei Bäume in Anbetung des Horizonts.

## Spartanisch

Im schwierigen Alter,
in dem man eigentlich nur
durchhageln oder durchfallen kann,
deine Eltern dich nicht verstanden,
deine Eltern dich nicht verstehen konnten,
als du von einem Tag auf den anderen
einfach dein Bett abgeschlagen hast,
es alleine hinauftrugst
auf den Dachboden
und bloß den Lattenrost beließest
auf dem Boden deines Zimmers,
um ab jetzt so zu schlafen,
auf diesem Matratzenlager,
dazu noch aus dem Keller
eine der leeren Obstkisten
dir hinstelltest als
Nachttisch.

## Auftrittsort

Hier also,
wer hat uns das eingebrockt,
wo von oben herab Perückenpuder rieselt,
der Bauherr den Statiker verklagte,
ein Hausmeister die kreischenden Türangeln
mit Schmerzgel einreibt,
und der leere Saal die Akustik hat
von einem Schlafwagenabteil,
von einer Gemeinschaftszelle.

## Lichtschalter

In der Ankunftshalle
dem ramponierten Koffer nachsehen,
wie der auf dem Gepäckband,
als gehöre er nicht zu dir,
als seist du ihm abhanden gekommen,
sich gegen den Uhrzeigersinn
dreht und dreht.
Weiter nichts, als dann
geradeaus gehen, bis du jener bist,
der sich umschaut, und plötzlich
im Gewusel eines Tempels
vorm Gebiss der Rolltreppe stehst,
ein schluchzender Zwerg,
drei gereckte Finger alt.
Um nun, vom anderen Ende her,
aufwachen und ausharren zu müssen
im Abgedunkelten, bis der Frühdienst kommt:
weil man quer im Bett
auf einer Barke trieb, morgensterch
ins Leere greifend neben sich,
den Lichtschalter an der
verschobenen Wand
nicht mehr fand.

**In meinen dreiköpfigen Beirat berufe ich**

Den betrunkenen Nikolaus,
der seinem Ruprecht die Rute entriss,

den Sitzenbleiber, der nachfragte
nach der Winkelsumme des Bermudadreiecks,

und die erschöpfte Floristin, die gerade
ihren ersten Valentinstag überstanden hat.

**Ton**

Sehen, was nicht
hörbar ist, hier draußen,
wo das Zusammenläuten einst
nur zu vernehmen war als Gebimmel,
im Weitab des Wiesengrundstückes,
das nicht bebaut werden darf,
die Abendstimmung sich verkünstelt
mit der Bachstelze
auf dem Rücken
eines Schafs.

## Ereigniskarten

Du spendest
den erhaltenen
Gotteslohn.

Schaust in das Dekolleté
einer tiefen Schlucht
hinab.

Wirst einmal
einen Klinikkiosk betreiben,
eine Katzenpension aufmachen.

Ohne Szenenapplaus
durchs Regengeflenne
dieses Morgens gehen.

## Kleines Kennenlernspiel

Du versetzt dich in einen ans Fließband gestellten Waldschrat.
Du mimst den Mistkäfer, der übers weiße Bettlaken krabbelt.
Du versuchst einen wahllosen Gesetzestext zu rhythmisieren.
Du referierst aus dem Stand über ein massenkompatibles Ich.
Du wärst die Zahnfee, die sich in das Sandmännchen verliebt.
Du, als Zuchtwart des Vereins, kandidierst zum Elternbeirat.
Du, im Büßergewand aus Kamelhaar, müßtest Abbitte leisten.
Du verkaufst auf Provision Schneefräsen an den Wüstenstaat.
Du blickst auf dein Gewächshaus nach dem Hagelschlag.

# MICHAEL GORMANN-THELEN
Relais

Email-Auszüge aus einem Sommer im französischen Jura.

**Charles Juliet**

Wiederkehr des Herbstes
Und der Einsamkeit

Der langen und griesgrüblerischen
Regentage

Die Langeweile
Macht das Schweigen noch schwerer
Liefert Dich aus
Deinen alten Dämonen

Zu viele schlechte Erinnerungen
Schleichen durch Dein Gedächtnis
Führen zurück in längst vergangene Tage
Halten Dich als Gefangenen dessen
Was nicht mehr ist

Widerwart
Voller Groll
Voller Leere
Voller grauer dumpfer Stunden

Möge es Dir gelingen
All diesem zu sagen: Nein!

Aus: Moisson [Ernte]. Choix de poèmes.
Paris: P.O.L. 2012, S. 151.
Übersetzt von Michael Gormann-Thelen.
Mit Dank an Annie und André.

Lieber M.,

Gehst du auf der Karte des Schweizer/Französischem Grenzgebiets einer horizontalen Linie entlang von Genf nach Westen, begegnest du einem Städtchen mit dem Namen NANTUA.

Läufst du nun vertikal nach unten, also nach Süden, triffst du auf den höchsten hiesigen Berg, den Grand Colombier (der wird Mitte Juli auch von der Tours de France heimgesucht. Der Gegenberg weiter südlich in der Provence ist der Mont Ventoux).

Dann noch etwas südlicher müßtest du auf ein Städtchen namens BELLEY treffen.

Dort, in vier Kilometern Entfernung, nordwestlich, liegt unser ‚Anwesen‘.

Im Osten verläuft die Rhône, im Westen der Ain. Im Norden, bei Nantua, verläuft die Autobahn Genf – Lyon.

In unserem Süden trifft man wieder auf die Rhône, die ihre Richtung von Nord-Süd-Richtung auf Ost-West-Richtung gewechselt hat und nun auf Lyon zufließt.

Das ist ungefähr unser Bezirk und heißt Department AIN.

Viel mehr als diese Lokalisierung kann ich noch nicht sagen, da wir bisher damit beschäftigt waren, uns einzurichten.

Außerdem mußten wir uns anfreunden mit unseren Gastgebern. Beide Genfer mit Schweizer und französischen. Wurzeln. Sehr nett, sehr unprätentiös. Er arbeitete als Gräzist in Genf, so meines Alters.

Das Haus ist seit seinem Erwerb um 2000 ein work in progress. Herrlich einsam gelegen, in einem Urwald, der hier Marais heißt. Diese Gegend, noch etwas hinübergreifend ins nördlichere Jura (auch Franche-Comté genannt), beide Regionen Operationsfelder der Résistence.

Mehr demnächst. Dies nur zur Andeutung, was mir derzeit möglich ist.

*/*

*Belley, im Juli 2016*

Lieber M.,

Ich kämpfe mit der Dateigröße der Fotos; es werden mir höchstens drei erlaubt, dann wird wegen Überschreitung boykottiert.

Also nur diese drei Fotos von der Rhône hier in der Nähe. Da fließt die Rhône schon von Osten nach Westen. Zuvor die Schweizer und französischen Abschnitte von Norden nach Süden, meistens durch Stauseen gebändigt; auch grüßt so manches AKW. Demnächst fahren wir noch einmal dahin (der Ort heißt wie unser Gastgeber Salbei). In der Nähe gibt es ein Schloß, welches 1927 von Paul Claudel gekauft wurde. Abseits dieses Schlosses liegt das Grab von Claudel, auf dessen Grabstein zu lesen ist »Hier ruhen die sterblichen Überreste und der Samen Paul Claudels«. Bis September findet dort eine Ausstellung zu »Stendhal et l'Italie« statt. Stendhal ist jedoch mehr mit dem östlichsten Departement, Haute-Savoie (Hoch-Savoyen), verbunden. Dem statteten wir gestern einen Besuch ab, zuerst Aix-le-Bains, ein hübscher herrlich gelegener Kurort am Lac du Bourget [schickte ich dir Bilder vom dortigen schönsten Ort, einem Benediktiner-Kloster?], danach die Provinzhauptstadt Annecy. Die Bilder dazu kommen noch. Auch dieses Städtchen ist ein Kurort, am eigenen See, vor tollster Bergkulisse der Alpen, mit Tälern und Bergen des Jura als Gebirge zwischen 500 und 1500 Metern hoch. Leider kann man diese Hügel- und Tälerlandschaften mit ihren bis jetzt unerhört blühenden Wiesen und immer gruppiert, meistens im Schatten, stehenden Charolles-Rindern (weiß bis blaß beige getönt) weder beschreiben, noch ins Fotoformat bringen. Es bleiben Andeutungen selbst bei den Herumreisenden wie uns, die den Vorteil haben, dass diese Andeutungen leibhaftig und voller Farben in bläulichem Sommerlicht sind, das aber noch nicht seine Spitze an Hitze erreicht hat. Zudem gibt es dazu hier immer die Gnade eines leichten Windes (manchmal sind die Gewitter des Nachts krachend wie kaum ein Gott).

Vor allem die Palette von Grünfarben, unterbrochen vom Rot der seit vier Wochen immer noch blühenden Feldmohnblumen, ist und bleibt sagenhaft, jetzt überhöht und durchbrochen von hohen zu blühen anfangenden Königskerzen. Bienen, Hummeln, wohl auch Hornissen haben hier anderes Aussehen und sind jedenfalls um einiges dunkler, vor allem aber größer. Auch scheint es hier eine Species zu geben, die wie Bienen ausschauen, aber einen Pollenabsaugrüssel haben. Die Produkte von Honig sind rings auf den lokalen kleinen Märkten zu kaufen (man sieht keine Touristen, allerhöchstens einen Genfer, der einem mitteilt, dass er Deutsch 1963 in Genf erlernt hat [tadellos!]; seine Frau, eine Bernerin, spricht ein sehr schönes sachtes Schwyzerdeutsch mit französischem Zungenanschlag, aber kaum merklich. Beide wohl über die 80, die uns am Käsestand ansprachen, da wir die Restsumme von 45 Cent auf Französisch einfach nicht verstehen wollten. Den Kästestand kennen wir von zwei anderen Märkten, wir werden schon von Ferne von der uns erkennenden fromagière lächelnd begrüßt. [Überhaupt sind die Leute hier alle sehr freundlich. Nur in den Autofahrern stecken alle Rennfahrer, die auf den Landstraßen Vollgas geben und immer mittig auf einen zukommen. Landstraßen heißen hier alle Straßen, die bei uns Schleichwege heißen.] Die letzten drei Wochen gab es hier in allen Dörfern fêtes du four, die Feste des öffentlichen lokalen Backhauses (Four). Es gibt immer Pizzas, Brot, Baguettes, Tartes und Wein. Die Qualität von allem ist leider so la la. Der Wein, den man im nächsten Dorf bekommt, ist immer besser und sehr trinkbar. Aber mit Backvorschlägen hielten wir uns lieber zurück. Bäckerein sind auch heute noch ein Problem; sie werden von einer kleinen Fabrikbäckerei lokal dominiert; bei dieser ist aber von den berühmten kleinen früheren Boulangerien nichts mehr zu spüren. Wir sind immer noch auf der Suche nach einem Bäcker und auch einer Patisserie.

Eine duftende warme Brioche (eigentlich eine kleine Hefekuchenkugel) nature habe ich immer noch nicht bekommen. Gute Bäcker muß man, wie bei uns, suchen. Selten aber zu finden.

*15. Juli. Le Grand Colombier.*

Lieber M.,

Wir werden abgesetzt. In der Nähe von Culoz.[1] Am Fuße des Grand Colombier.

Der Weg geht nun spitzwendig nach oben. Ziemlich steil. Früh schon läuft uns das Wasser aus allen Poren. Fliegen im Gefolge. Ziemlich lästig.

Dabei ist der Weg sehr schön. Meistens überlaubt, manche Strecke im Sonnenlicht. Zahlreiche Partien des Wegs mit in sich rollenden Kieseln oder Geröll. Man geht wie auf einer Rolltreppe. Eher zurück auf der Stelle. Dabei doch vorwärts. Keine Aussichten unterwegs. Allenfalls waren es zwei, drei. Dafür aber dann atemberaubend – auf Rhône, Rhônekanal und mit einigen wegelagernden Seen.

8 km geht's hoch. Mit letzten Kräften langen wir ‚oben' an. Wir sind nun auf 735 m. Wir treffen auf die Serpentinenwendung einer Straße, der ein Parkplatz angelagert ist, wo unser Freund mit dem Wagen uns erwartet. Dieser Ort heißt sinnigerweise Fenestrez. Wenn nicht alles täusch kommt das vom lateinischen finis terrae. Das Ende der Welt. So fühlen wir uns denn auch. Solche Cap Finisterres gibt's ja viele an der Westküste Europas. Aber hier, Richtung Osten, auf 735 m Höhe des Grand Colombier? Ein Observtorium liegt hier in allernächster Nähe. Beim nächsten Mal könnten wir dort Auskünfte einholen.

Interessanter aber ist dieser Vorsprung des Grand Colombier selbst, der sich ja bis auf eine Höhe von 1504 m erhebt, also Fenestrez, der dem ganzen Berg, wenn man ihn, von uns aus betrachtet, also von Cuzieu aus,

---

1   Culoz, wir erwähnten es schon, ist hier weit und breit ein Eisenbahnknotenpunkt, kurz vor der Grenze zur Schweiz in Richtung Genf einerseits, nach Westen hin, nach Lyon, andererseits. Der Bahnhof ist denkmalgeschützt. Ein kleines grün angestrichenes, flachgestrecktes Holzgebäude mit eigenem Charme. Auch dieses Bahnhofs wegen lebte hier einige Zeit Gertrud Stein. Vom anderen Ende des Ain her, aus Jujurieux, stammt der Dichter Charles Juliet (geb. 1934).

die Gestalt einer Sphinx annimmt, jedoch einer Sphinx mit einem in der Vertikalen umgekehrten Haupt. So gibt sich Fenestrez zu erkennen, wenn von ferne geschaut. Für uns freilich ist dieser Ort, zu dem wir aufgestiegen waren, finis terrae, die Rettung auf dem Haupt.

Im Wagen des Freundes geht es dann hoch bis zum Col, also hoch zum Paß. Wir haben einen schönen, fast klaren Sonnentag erwischt, so können wir Richtung Osten bis zum Montblanc und seinen Schweizer Alpenanverwandten schauen. Richtung Süden sehen wir die Rhône ihre Windung von Nord zu Süd nach Osten zu Westen hin nehmen. Am Horizont glaubt man selbst Lyon, diese Messingstadt, zu sehen. Richtung Norden kommen die nördlichen Bergketten des Jura – sie sind jünger als die Alpen – in Sicht.

Etwas unterhalb des Col liegt eine Hütte, eine Auberge, in die wir einkehren. Ihr Ort ist genau der, den ein antiker Tempel sich ausgesucht hätte.

Den Sphinxleib des Berges lassen wir die richtigen Wanderer erkunden, auf die wir hier treffen, zwei im Sattel von Pferden!

Die Fahrt hinunter zu unserem Dorf ist herrlich. Wiesen mit Kühen allüberall. Vor allem aber freut man sich, chauffiert zu werden!

Dieser Grand Colombier ist der höchste Berg des südlichen Jura. Wie jeder eindrucksolle Berg situiert er sich nicht bloß im geographischen, also vermessenen Raum, sondern gewährt eine gestimmten Raum für sich selbst, den seine Wanderer mit ihren Füßen hervorbringen und deren Augen und Sinne durch den Berg geöffnet und erfahren werden. Darum erhebt sich der Grand Colombier jeweils ganz anders. Immer wieder überraschend – anders.

Wie ein hiesiger Philosoph (der freilich, wie Cezanne, vor dem Mont St. Victoire, in Tholonet, ansässig war) zu formulieren weiß: »Der sich erhebende Berg ist nicht im Raum verortet. Nein, er bewegt diesen einzigartigen Raum dessen, was jeweils stattfindet.« So Henri Maldiney.

*8.-9. August 2016*

Lieber M.,

Der Ain.

Die Rhone kennt jeder. Zumindest wird jeder von ihr schon einmal gehört haben. Möglicherweise auch etwas von ihr gesehen. Vielleicht sogar mag der eine oder die andere die »Rhône-Saga« gelesen haben, eine der vielen poetischen Gesänge – die spannendste und auch jüngste – auf sie. Der eine oder andere Film wird in Erinnerung kommen.

Aber der Ain? Allein schon die Aussprache. Der Internationalen Phonetischen Aussprache zufolge ungefähr [Äng] – das Ä langgezogen. Und erst die Bedeutung dieses Namens?

Wohl einfach Fluß. Ain heißt auch das Department, in dem wir uns bewegen. Ich habe dir schon geschrieben, daß es im Osten durch die erst nord-südlich fließende Rhône entlang der Grenzen zur Schweiz und zum Nachbardepartment Savoyen eingefaßt wird. Im Westen dann, kurz vor Lyon, mündet die Ain, auch aus nord-südlicher Richtung kommend in die Rhône, die sich in ost-westlicher Richtung in der Nähe von Belley gewendet hatte.

Der Ain entspringt fast in der Mitte der Bergketten, die Jura heißen, bei einem Ort namens Champagnole. Nicht weit entfernt vom Marktstädtchen Lons-le-Saunier. Aber das ist schon die Region, die Franche-Comté heißt.

Der Ain fließt also wie die Rhône von Norden nach Süden. Zwei riesige Stauungen hat sie zu durchstehen: die des Lac de Vauglans und dann, südlicher, die sogenannten Gorges de l'Ain. Gorges heißt Schluchten. Die Bedeutungsvielfalt reicht aber von Kehle, Schlund bis zu Brust.

Beide Stauseen bilden die Wasserreserven nicht nur für Lyon.

Dorthin wollen wir uns aufmachen. Wir nehmen wieder, wie meistens, den Weg hin zum Grand Colombier (heute wieder anders ausschauend. Cezanne hätte auch hier wohnen können), umfahren ihn an seiner Westseite, von wo sich dann bis hin zum Ain ein abfallendes Hochplateau erstreckt. Auf halber Strecke durchfährt man einen Kurort, Heauteville-Lompness, selbst der Kaffee schmeckt dort nicht, und die Bausätze zur Stadtverschönerung, nicht minder häßlich wie bei uns, schrecklich. Wir fahren nach kurzem Halt gleich weiter. Kuren dürfte hier eher Torturen gleichen.

Das Plateau selbst ist sehr schön und erinnert an Berglandschaften des Harz oder an Thüringens Rennsteig um Oberhof.

Wir kommen ein zweites Mal durch das zauberhafte Jujurieux mit seiner Kirche aus dem 10. Jahrhundert und Häusern vor allem aus dem 17. Und 18. Jahrhundert. Charles Juliet läßt grüßen. Die Kirchen übrigens stammen oft aus der Zeit des 10. Und 11. Jahrhunderts, also aus der Zeit des siegreichen Papstes über die deutschen Kaiser. Diese Zeit wurde zutreffend Papstrevolution genannt. Ein wichtiges Zentrum aus dieser Zeit war das größte damalige Kloster, das von Cluny, welches nicht weit weg liegt. Heute kaum mehr bekannt; heute bei Jugendlichen mehr Taizé, die ökumenische Pilgerstätte, einige Kilometer nur von Cluny. Das war auch berühmt für das »dies irae«, die Tage des Zorns, wie sie seltsamerweise tausend Jahre später in den arabisch-muslimischen Ländern von der Jugend ausgerufen wurde. Der Zorn der Herrschenden war schrecklich. Diese Hymne ist die von Allerseelen, der katholische Totengedenktag am 2. November, der heute fast überall mit dem 1. November, dem Tag von Allerheiligen verwechselt wird. Allerseelen bleibt auf der Strecke. Dabei ist es ein Tag, der Europas Errungenschaft, die Freiheit, präludiert.

Von Jujurieux geht es nach Norden, nach Pincin, einen kleinen Ort, den nur eine späte, an die Römer erinnernde Brücke auszeichnet, die den Ain überwölbt.

Von hier aus, so hatten uns Freunde geraten, folgten wir einer alten Landstraße rechts des Ain entlang. Nicht aber nur in der Talschlucht selbst, sondern meistens auf halber oder ganzer Höhe, talab- und talaufwärts der Höhenzüge, in die sich der Ain eingegraben hat, so daß der Aingraben, Schluchten genannt, entstehen konnte.

Ein Elektrizitätswerk, gespeist von den Wassern des Ain, kommt bald in Sicht. Jedenfalls kein AKW, wie so oft an der Rhône, die von diesen AKWs funktionell zur Kühlung herabgewürdigt wurde.

Mit einer großen Flußschleife, von oben her herrlich zu überblicken, geht es dann in eine der schönsten Passagen des Ain, in die Schlünde der Ain hinein.

Der Ain gestaltet sich hier zwischen Seenlandschaften und Flußlandschaft. Es gibt herrlich gelegene, meist abgelegene, Badeplätze, keiner aufdringlich, keiner hochturistifiziert. Eher im Understatement. Überhaupt wenige Touristen, nur einige auf Fahrrädern.

Berghinauf und berghinunter, manchmal bis zum Saumrand des Ain, geht es ihm entlang, flußaufwärts.

Ein winziges Dort kommt in Sicht. Bis hierher wollten wir kommen. Thoirette. An einer Engstelle der Gorges de l'Ain, Eine Bogenbrücke führt hinüber. An ihrem Ende, auf der anderen Flußseite, ein kastellartiges graues Hotel, einfach scheußlich, aber mit einer sehr schön gelegenen halbkreisförmigen Terrasse über dem Ain. Mit Blick auf die Brücke.

Das Essen war unerwartet gut. Die kalten verließartigen Hotelräume jedoch: zu vergessen.

Da die Flußseite nicht zu wechseln war, ging es den Weg zurück, den wir schon gekommen waren. Jedenfalls hatten wir kleine Ein- und Durchblicke in die Schluchten, Schlünde oder Abgründe des Ain.

Unsere Fahrt nach Hause ging südlich nach Amberieu-en-Bugey. Diese Kleinstadt bildet den Eckpunkt oder Grenzpfosten oder den Departmentsstift, wo es aufhört und sich öffnet hin nach Lyon, welches aber schon in einem anderen Departement liegt. Dieses Städtchen sollte beim nächsten Mal aber auch umfahren werden. Voller Plastikbaukastenstücke, immer in praller Sonne, kein Baum in Sicht. Und überall weiß gleißende Plastikpfeiler, die irgendetwas begrenzen. Viele sind umgefahren.

Einige Kilometer aber hoch auf dem Berg westlich von Ambérieu liegt eine alte savoyardische Burg »Les Allymes«, von der aus weit in die Ebenen westwärts hinuntergeschaut werden kann.

Vorher aber, kurz vor Ambérieu, liegt das alte Kloster Ambronay. Einen Abstecher wert. Ein herrlicher Park, darin auch das Hotel de Ville, das Rathaus. Ein sehr schöner Platz vor der Abteikirche, von der Zutritt genommen werden kann zu einem der schönsten doppelstöckigen Kreuzgänge, die wir kennen. Wie arabisch-muslimische Architektur reflektiert der Kreuzgang das Sonnenlicht, aber verwandelt das grelle Licht in ein weiches ockerfarbenes. Die erwähnten Kurgäste sollten hierherkommen; sie erholten sich sicherlich auf wundervollste Weise von ihren Torturen.

# ANGELICA SEITHE

## Die Geburt der Metapher

### Zur Psychologie ihrer Entstehung

Es soll von der Entstehung der Metaphern die Rede sein, der Entstehung jener verdichteten Bilder unserer Sprache, wie sie uns in der Lyrik begegnen, aber mitunter auch im therapeutischen Gespräch oder im Tagtraum – wenn etwa ein 12jähriges Mädchen im KB[2] von einem *verheulten Waldboden* spricht, der sich unter ihrem imaginierten Baum befindet.

Wie kommen diese Sprachgebilde zustande? Wie sind die unbewussten Vorgänge zu fassen, bei denen sich Worte und Bilder einander ursprünglich fremder Bedeutungszusammenhänge neu kombinieren? Was sind die psychologischen Grundlagen dieser Abläufe? Wozu dienen sie? Und gibt es ein psychologisches Modell, das diese Vorgänge plausibel beschreibt?

### Der poetische Einfall

Wenden wir uns jedoch zunächst einem Dichter zu, der versucht, die Entstehung eines eigenen Gedichtes aus dem ihm zugänglichen Erlebniskontext heraus näher zu beschreiben.

Die Schilderung entstammt dem Mitschnitt eines Interviews mit Reiner Kunze, das der hessische Rundfunk (hr2-Kultur – Doppelkopf) im April 2008 ausgestrahlt hat.

Kunze bezieht sich im Folgenden auf zwei Verszeilen aus dem 1996 entstandenen Gedicht „Lied" (aus dem Band: „ein tag auf dieser erde").

---

2  Abk. für „Katathymes Bild(-Erleben)", eine Psychotherapiemethode (Katathym-imaginative Psychotherapie, abgekürzt KIP), die schwerpunktmäßig mit Imaginationen arbeitet, sog. Wachträumen, die vom Patienten im entspannten Zustand und unter dialogischer Begleitung des Therapeuten entwickelt und später wie Träume bearbeitet werden.

Sie heißen: *„Als bete der bach in den wiesen, / so viele buchten hat er ausgekniet".* Reiner Kunze spricht, bezogen auf diese „Art Einfälle", die ihm kommen, von einer angeborenen „Denkschaltung". Aber hören wir ihm erst einmal zu!

Zitat:

*„Ich habe einmal eine Zeitlang in der norddeutschen Tiefebene zugebracht als Mittelgebirgler. Und diese Tiefebene machte auf mich einen eher bedrückenden, eher depressiven Eindruck.*

*Und dort habe ich einen Bach gefunden, einen wunderschönen, glasklaren Bach, der sehr tief war, bis 2 Meter tief. Und der hatte unendlich viele Buchten gebildet. Und ich ging also an diesem Bach des Öfteren entlang .... Das war ein Erlebnis. Ein ganz anderes Erlebnis, zu einer ganz anderen Zeit – und das lag sogar vorher: In den Alpen kam ich zu einem sehr hochgelegenen Kirchlein. Das lag ganz allein. Das Dorf, das zu diesem Kirchlein gehörte, war verschwunden. Und das Kirchlein war 500 Jahre alt. Ich hab mich hineingesetzt, war ganz allein, und mit der Zeit sah ich die Kniebänke – in den katholischen Kirchen – und diese Kniebänke waren offenbar so alt wie das Kirchlein: sie glänzten ... vor lauter Knien, und sie hatten eine Ausbuchtung.*

*Während ich also noch im Norden war, fielen mir folgende Zeilen ein – nicht in der Ausgeprägtheit, wie ich's jetzt sage – aber der Grundeinfall führte zu folgenden Zeilen und zwar: „als bete der bach in den wiesen, so viele buchten hat er ausgekniet".*

*Wenn ein solcher Einfall kommt, dann beginnt ein Gedicht, ohne diesen Einfall, ... ohne einen Einfall, der mich selbst überrascht und der mir selbst Rätsel aufgibt, entsteht kein Gedicht ...."*
Soweit ein Ausschnitt aus diesem Interview.

Realitäten, so Reiner Kunze an anderer Stelle, die gar nichts miteinander gemeinsam haben, ordnen sich im kreativen Einfall einander zu. Dabei ist die neue Ordnung scheinbar unwirklich, mitunter erscheint sie vernunftwidrig und verstößt gegen die Logik. Aber gerade das Widersinnige, das *überraschend* Widersinnige (im Bild, aber auch in gedanklicher Paradoxie) erhellt die neue Wirklichkeit („Das weiße Gedicht. Essays. S. Fischer, Frankfurt a. M. 1989). D.h. es vermittelt das diffizile Erlebnisgewebe, das ausgedrückt und nachvollzogen werden soll.

Der poetische Einfall, der in der Verknüpfung von Wirklichkeiten bestehe, die man bis dahin nie miteinander verknüpft gesehen habe, komme von selbst, könne nicht „herbeigewollt" werden. Reiner Kunze räumt ein, dass der Einfall mit unbewussten Vorgängen zu tun habe und dass ihm eine starke emotionale Betroffenheit vorausgehe. „Ein dichterischer Einfall", so Reiner Kunze, geht immer auf Erschütterung zurück, auf Betroffensein (auch ein Glücksmoment ist ein Moment der Betroffenheit)", sagt er. Es seien starke Erlebnisse, mit denen man schließlich nicht anders fertig werden könne als literarisch. („Wo Freiheit ist. Gespräche 1977–1993". S. Fischer, Frankfurt a. M. 1994)

Es gilt also, mit etwas „fertig zu werden", eine emotionale Erlebnisspannung zu bewältigen, etwas zu bemeistern. In gewisser Weise löst der poetische Einfall diese innere Spannung. Wie das geschehen kann, das werden wir uns noch genauer ansehen.

Nun sind wir abgekommen von unserem Eingangsbeispiel: *„Als bete der bach in den wiesen / so viele buchten hat er ausgekniet"*.

Reiner Kunze legt dar, wie sich Wirklichkeiten aus zwei völlig verschiedenen Erinnerungsmomenten plötzlich zusammentun – zu einem neuartigen, widersinnigen, aber zugleich erhellenden und den Dichter selbst überraschenden, wenn nicht elektrisierenden Bild. Er weiß sofort: Aha, das ist es! („Aha-Erlebnis" beim Finden einer Lösung, „Zeigarnik-Effekt" (Zeigarnik 1927, zitiert nach Müller-Braunschweig 1984).

Was Reiner Kunze uns verschweigt in diesem Interview, was er einleitend nur unvollständig andeutet, ist das, was ihn emotional stark bewegt und erschüttert hat, so sehr bewegt, dass es zu diesem Einfall kommen musste. Die Motive, die im poetischen Einfall aufleuchten, sind „beten",

„knien", evtl. „inständiges Bitten". Der eingangs erwähnte „bedrückende, depressive Eindruck" der norddeutschen Tiefebene allein kann es nicht gewesen sein. Es muss etwas anderes hinzutreten, etwas, das wir nur vermuten oder phantasieren können. Es könnte zu tun haben mit existentieller Angst, wie man sie erlebt bei drohendem Verlust, lebensbedrohlicher Krankheit oder quälender Schuld – mithin bei drohendem Verlust von psychischer oder körperlicher Unversehrtheit. Wir wissen es nicht. Was wir aber annehmen können, ist, dass es um eine starke emotionale Bewegung gegangen sein mag und um eine Art des Betroffenseins, die Phantasien vom „Beten" und „Knien" gemeinhin nahe legt oder leicht in uns hervorruft.

Übrigens gibt es in dem oben erwähnten Band von Reiner Kunze ein anderes Gedicht vom Knien (Titel „ Wenn du es wissen wolltest"), ebenfalls entstanden im Jahr 1996. Hier heißt es, Zitat: „Doch wenn du wissen wolltest, / was aus uns geworden ist, ... // Die menschen meiden die stille // Sie könnten in sich sonst / die Schuld knien hören". Diese Metapher von einer knienden Schuld könnte ein Hinweis sein auf die Art emotionaler Bewegung, in der auch die Bachmetapher ihren Ursprung haben mag.

Es ist mir wichtig, Ihr Augenmerk auf die emotionale Verfassung des Dichters im Moment seines poetischen Einfalls zu lenken, weil ich glaube, dass sich hierin das eigentliche Agens für die Entstehung der Metapher verbirgt. Das starke Erlebnis, das überwältigende Gefühl, die emotionale Erschütterung sind neben einer gewissen emotionalen Grundeinstellung jener Tiegel, in dem die unterschiedlichen Wirklichkeiten, die in der Metapher zusammentreffen, zu einer neuen Einheit verschmelzen. Ohne das geht es m.E. nicht.

Und auch hier ist es kein blindes, quasi zufälliges Zusammenfügen. Es folgt einer inneren Notwendigkeit. Es ist gesteuert durch ein nach Lösung oder „Erlösung" suchendes Bedürfnis, dem Bedürfnis, ein inneres Problem zu bewältigen. Diese Problemlösung sieht anders aus als die im Bereich rationaler oder sachlicher Fragestellungen. Hier handelt es sich um die Bemeisterung eines Gefühls, einer Erschütterung, um die Erlangung von Ich-Kontrolle durch Artikulation und Bewusstheit. Aber auch um die Möglichkeit des Mitteilens, des Kommunizierens an andere. Hierin liegt ja die Hoffnung beschlossen, nicht allein zu bleiben mit dem, was getroffen hat und betroffen gemacht hat. Von einem anderen gefühlsmäßig verstanden zu werden, d.h. die emotionale Resonanz eines anderen Menschen zu erfahren, hebt die Einsamkeit auf angesichts des vielleicht bedrückenden oder erschütternden Erlebnisses.

Gefühlsmäßige Resonanz, wirkliches Vermitteln der eigenen Gefühle aber lässt sich rein sprachlich nur erreichen durch averbale Kommunikation wie sie im paradoxen oder bildhaften Überraschungsmoment der poetischen Metapher gegeben ist. Hier erschließt sich dem anderen, wenn er dafür offen ist, das Gefühl, das den dichtenden Menschen bewegt hatte – freilich verändert und erweitert um die eigenen Assoziationen.

Wir wissen also jetzt, dass bei der Entstehung einer Metapher zwei völlig verschiedene Wirklichkeiten miteinander verknüpft werden, und dass über diese Verknüpfung ein neuartiger Aspekt von Wirklichkeit entsteht, der etwas Geistig-Seelisches auszudrücken imstande ist. Wir wissen weiter, dass das auszudrückende seelische Moment in Form einer meist starken emotionalen Betroffenheit maßgeblich an der Selektion der zu verknüpfenden Bildelemente und Erinnerungsbruchstücke beteiligt ist. Ich möchte sogar sagen, dass die wie immer geartete seelische Bewegung den Motor abgibt für diese Verknüpfungstätigkeit des Unbewussten, d.h. dass sie diese zielgerichtet in Gang setzt.

## Das sprachliche Bauprinzip der Metapher

Nun ist es Zeit, uns einmal das sprachliche Bauprinzip der Metapher anzuschauen. Dabei hilft es zunächst, auf den Wortursprung zu verweisen.

Metaphora heißt griech. „Übertragung". Es wird also etwas übertragen von einem eigentlichen zu einem übertragenen Ausdruck. Der übertragene sei, so die einschlägige Literatur, in der Regel ein „bildhafter Ausdruck zur Veranschaulichung von etwas Geistig-Seelischem. Zwischen dem eigentlichen und dem übertragenen Ausdruck bestehe eine Ähnlichkeit, ein sog. „tertium comparationis".

Wie verhält es sich hiermit bei unserem eingangs angeführten Beispiel der 12jährigen Patientin? Sie spricht von einem *„verheulten Waldboden"* unter ihrem Baum, während sie mit ihrer eigenen Verzweiflung und Traurigkeit in Berührung kommt. Das Gefühl, dem Weinen sehr nahe zu sein, wird auf den Waldboden verschoben. Verheult ist normalerweise das Gesicht oder ein Kissen, auf dem man liegt, wenn man weint. Der Waldboden ist feucht vom Regen, das Kissen (oder Gesicht) feucht von Tränen, d.h. es ist verheult. Das verheulte Kissen und der ebenfalls feuchte Waldboden werden nun zusammengeworfen ( ☾ Symbol) aufgrund dieses vergleichbaren Aspekts Feuchtigkeit („tertium comparationis"). Und der Ausdruck des Verheulten wird mitsamt der ihm anhaftenden Gefühlsnuance auf den Waldboden übertragen. – Daraus ergibt sich der diskrete Hinweis darauf, dass der Baum, mit dem die Patientin im Bild identifiziert ist, schon viel geweint hat und ihm auch jetzt zum Heulen zumute sein mag.

Auch bei unserem literarischen Beispiel haben wir es mit einem „tertium comparationis" zu tun. Sie erinnern sich: *„Als bete der bach in den wiesen / so viele buchten hat er ausgekniet".* Hier schlägt zunächst die ähnliche Form eine Brücke. Der Bach hat viele Buchten gebildet, und die Kniebänke in dem Kirchlein sind ausgebuchtet. Diese zugrunde liegende Ähnlichkeit in der Form wird zum Anlass für die Übertragung. Übertragen wird das Ausgeknietsein der Bänke vom vielen Knien und Beten. Dieser affektnahe Aspekt des Kniens und Betens – vermutlich korrespondierend mit einem unbewussten Gefühl oder Bedürfnis des Dichters in seiner aktuellen Situation – wird auf den Bach übertragen (man könnte auch sagen „verschoben"): „als bete der bach in den wiesen". Der Bach wird zum Träger dieser emotionalen Szenerie, zum Träger von einem Stück Innenleben des Dichters.

Das verbindende Dritte, eine meist sinnlich erlebbare Ähnlichkeit, löst die Übertragung aus, wobei dem Gegenstand, auf den der übertragene Ausdruck fällt, Wesensmerkmale zugesprochen werden, die er ursprünglich gar nicht hatte. Er wird zum Träger einer Projektion.

Der mit Übertragung belegte Gegenstand wird in diesem Sinne zweifellos zum Symbol. Dennoch besteht zwischen Symbol und Metapher ein Unterschied. Das Symbol ist seiner engeren psychologischen Bedeutung nach (also neben der des Zeichens und des Sinnbilds) ein individuell oder kollektiv konstanter Vorstellungsmodus, auf den ein meist unbewusster Inhalt übertragen worden ist. Es äußert sich außer in Worten auch in Handlungen und Traumbildern, existiert also auch in außersprachlichen Bezügen. Die Metapher dagegen ist eine reine Sprachfigur, auch wenn sie ihren Bedeutungsgehalt aus dem Symbol bezieht. In diesem Sinne sind unsere imaginierten Bilder im therapeutischen Tagtraum oft Symbole, aber durchaus nicht immer Metaphern. Den Traum- und Tagtraumbildern fehlt meist die sprachlich begrifflich gefasste Übertragung. Sie beschreiben das Symbol, das imaginierte Bild, mit Worten, aber sie liefern nicht zwangsläufig in diesem Bild auch sprachlich gefasst seine Bedeutung mit, wie das die Metapher kann. (Ausnahme und daher bemerkenswert ist hier der *„verheulte Waldboden"* des 12jährigen Mädchens.) Dieser, in der Sprachkonstruktion niedergelegte Bedeutungsüberschuss des Übertragenen macht die Metapher dem Symbol gegenüber zu dem, was sie ist. Dieser sprachlich gebahnte Zugang zum Erkennen oder auch nur Erahnen einer Bedeutung im dargebotenen Bild, das ist das Charakteristische. Es führt zu einem plötzlichen Gewahrwerden von innerer Wirklichkeit, die aufleuchtet. Diese geht hervor aus der sprachlich gefassten Verschränkung und Verdichtung des Bildes mit dem übertragenen Wesenszug.

Ein Beispiel: *„Noch füllen die leeren Krüge / sich mit alten Gesängen"* (Christine Busta).

Die Metapher ist also, so die Sprachwissenschaftlerin Brigitte Spreitzer (2010), im Gegensatz zur „immer auch außersprachlichen Referenzialisierung des Symbols" ein sprachlich operierendes Phänomen. Es handele sich um eine rhetorische Figur, bei der die semantisch zu kongruenter Bedeutung zusammengefügten Elemente zugleich ihre ursprüngliche Wortbedeutung noch weiter mit sich führten, ihre „semantische Inkongruenz" also „nicht getilgt" werde. (Kurz, 2000, zitiert nach Spreitzer, 2010) So bei einer Metapher der Dichterin Ingeborg Bachmann: *„vom Rauch behelmt"* (aus „Mein Vogel" in „Anrufung des großen Bären"). Hier sind sowohl der Rauch als auch der Helm semantisch nach wie vor identifizierbar und gelangen durch die Sprachkombination dennoch zu einem neuen sinnhaltigen Ausdruck.

Wie wir wissen, schafft es die Metapher bei dieser Operation, Bedeutungen aus einem Zusammenhang (Helm = Schutz des Kopfes) in einen anderen zu übertragen, ohne dass sprachlich ein direkter Vergleich zwischen Bezeichnendem und Bezeichnetem vorliegt. Oft bedient sie sich wie hier der bildhaften Übertragung. Immer aber ist die Übertragung sprachlich vermittelt durch Verschiebung der Bedeutungszusammenhänge.

Beim klassischen Traumbild, beim imaginierten Symbol dagegen sind Hinweise auf eine Bedeutung sprachlich nicht sozusagen eingebaut. Es besteht kein das Symbol festlegender sprachkonstruktiver Bedeutungszusammenhang. Wir müssen die Bedeutung des Bildes meist im Kontext erschließen. Die Metapher aber lässt aus ihrer sprachlichen Gestalt heraus Sinn aufleuchten. Sie transportiert – oft überraschende – Erkenntnis dadurch, dass in der Sprachkonstruktion die semantischen Inhalte der an der Verdichtung beteiligten Komponenten trotz des Zusammenschlusses weiter fortbestehen, dabei aber zugleich der emotionale Bedeutungshof des einen auf den anderen Inhalt übertragen wird. Dadurch kommt die oft „verrückte", d.h. widernatürliche oder alogische Sprache der Lyrik zustande. Trotzdem empfinden wir sie, wie z.B. bei der zum Bild gewordenen Metapher *„vom Rauch behelmt"*, auf Grund ihres sinnlich anschaulichen Aspektes sofort als stimmig, obgleich doch in der Realität gerade der Rauch kein Schutz ist für den Kopf (Atmung), sondern tödliche Gefahr. Die an der Realität orientierte Logik unseres bewussten Denkens gerät hier außer Acht. Aber gerade das und ihre Bildhaltigkeit machen die Metapher zu einem Vehikel emotionaler, sprachlich fast nicht sagbarer Wirklichkeit.

## Die tiefenpsychologischen Mechanismen

Damit sind wir bei den tiefenpsychologischen Vorgängen, die diesen Prozessen zugrunde liegen. Lassen Sie uns einen Blick auf jene Mechanismen werfen, die die oben erwähnten neuen Verknüpfungen hervorbringen. Schon Reiner Kunze hatte darauf hingewiesen, dass der poetische Einfall nicht bewusst, d.h. willentlich herbeigedacht werden kann. Er bahnt sich im Unbewussten an. Wie geht das? Wie sollen wir uns das vorstellen?

Sie wissen, dass sich im Unbewussten alle nicht bewussten psychischen Inhalte vorfinden, all das Unterschwellige, Vergessene, Übersehene und Verdrängte unseres psychischen Erlebens. Das Unbewusste verfügt über diese Inhalte, es verfügt über sie nach eigenen Denkgesetzen, die sich von denen des Bewusstseins unterscheiden – sowohl energetisch, als auch in ihrer Zielorientierung. Freud hat dieses Denksystem, nach dem unser Unbewusstes funktioniert, den Primärprozess (oder Primärvorgang) genannt und hat ihn vom Sekundärprozess unseres bewussten Denkens abgegrenzt.

Im Primärvorgang finden sich noch Funktionsweisen aus den frühen Stadien unserer Entwicklung, die besonders im Traum oder traumnahen Zuständen (Trance, Imagination), aber auch unter dem Einfluss starker Emotionen wieder aktiv werden. Der flexible Zugang zu solchen primärprozesshaften Funktionsweisen, besonders wenn sie im Wechsel zu sekundärprozesshaftem Denken genutzt werden können, hat starke Bezüge zum kreativen Denken und insbesondere zum künstlerischen Schaffensprozess. Wir werden sehen warum.

Einige Autoren, so der Säuglingsforscher Stern und der Neurobiologe Scheuler haben auf die Amodalität (Stern, 1985) oder Kommodalität (Scheuler, zitiert nach Salvisberg, 2000) des frühen Denkens, bzw. Wahrnehmens hingewiesen. Das läuft auf die Tatsache hinaus, dass erstens für den Säugling jede sinnliche Erfahrung der äußeren Welt mit Emotionen verbunden ist, d.h. seine gesamte Wahrnehmung von Dingen, Menschen und Handlungen einen Gefühlston hat, und dass zweitens in diesem Alter sinnliche Erfahrungen unterschiedlicher Sinnesmodalitäten (Farben, Tastempfindungen, Gerüche, Klänge) noch austauschbar sind, austauschbar auch mit Erfahrungen anderer Kategorien und Klassen (Zeit, Körperzustände, geistige Funktionen, seelische Befindlichkeiten u.a.m.). – Das heißt, das Erleben des Säuglings ist in diesem Sinne noch sehr ganzheitlich („global"), d.h. noch nicht ausdifferenziert.

Im Primärprozess haben sich diese frühen Denk- und Verknüpfungsmodi erhalten. Alle Wahrnehmungsinhalte, Abbildungen der Außenwelt und sinnlichen Empfindungen sind hier mit Gefühlen verbunden. Und umgekehrt stehen alle Gefühle mit sinnlicher Erfahrung in Verbindung. Alle Sinnes- und Wahrnehmungsbereiche sind kombinierbar, können sich vertreten und miteinander austauschen. Die Kombinations- und Austauschprozesse (Assoziationen) ordnen sich nicht (wie im bewussten Denken des Sekundärprozesses) nach der Realität. Sie ordnen sich vielmehr nach der sinnlichen und gefühlsmäßigen Qualität, die den Denk- und Wahrnehmungsinhalten anhaftet. Die Gesetze der auf die äußere Realität bezogenen Logik sind aufgehoben. Die Kombinationen können daher logisch widersprüchlich, ja alogisch und scheinbar widersinnig ausfallen.

Beim Zugang eines reifen Menschen zu diesen Denkmodi wird es deshalb wieder möglich, synästhetische und alogische Denkmuster hervorzubringen, z.B. wenn *Farben schreien* oder wenn *ein „ton" nach holz „duftet"* (Reiner Kunze) oder wenn wir von einem *„hauchdünnen Schlaf"* hören, *über den „nur Vögel gehen können"* (Christine Lavant).

So auch bei logisch sich widersprechenden Aussagen über erlebte Zeit, z.B. *„Jahre schon an diesem Tag"* (A.S.).

Salvisberg macht übrigens mit Nachdruck darauf aufmerksam, dass primärprozesshaftes Denken beim Erwachsenen keineswegs als etwas im pathologischen oder unreifen Sinne Regressives zu bewerten sei, sondern als eine Fähigkeit, die das bewusst logische Denken auf kreative Weise wertvoll ergänze – so etwa, wenn „durch die Umschaltung auf die Schiene des Gefühls" hier allgemein eine Lockerung der Assoziationen und damit auch der Kombinationen von logischen Klassen eintrete (Salvisberg 2000). Dies kommt zugegebenermaßen auch in pathologischen Denkmustern vor, hier aber unflexibel und der Realitätskontrolle des Sekundärprozesses gänzlich entzogen (z.B. beim schizophrenen Denken).

Weil das ordnende Prinzip im Unbewussten also nicht die Realität ist, werden übrigens auch äußere und innere Wirklichkeit nicht mehr kategorisch getrennt gehalten. Inhalte der äußeren Wahrnehmung verbinden sich, wenn wir im Primärprozess erleben, ganz natürlich mit Eindrücken innerer Befindlichkeit (emotional-sinnliche Ähnlichkeit vorausgesetzt). Die Grenze zwischen innerer und äußerer Realität wird durchlässig – zumindest für einen Moment. Projektion und Introjektion bestimmen die Wahrnehmung. *So kann es geschehen, dass eine zerrissene, zerklüftete Bergkette, also eine wahrgenommene Struktur in der äußeren Erscheinungswelt, in uns ein Gefühl von Trennung und innerer Zerrissenheit auslöst.* Denn alle Wahrnehmungsinhalte der äußeren Welt – so auch die zerrissene Bergkette – alle Sinneseindrücke, ob visuell, akustisch oder taktil, sind im Primärprozess immer mit Gefühlen verbunden, die sich mit Gefühlswahrnehmungen aus der inneren Welt abgleichen. Umgekehrt ist auch das Gefühl mit sinnlichen Erinnerungsspuren verbunden, welche die Tendenz haben, sich mit ähnlichen Wahrnehmungseindrücken aus der Außenwelt zu verknüpfen (Beispiel: zerrissene Bergkette, ausgebuchtete Uferbänke). Im Falle einer sinnlich-strukturellen, z.B. formgemäßen Passung führt dies zum Zusammenschluss und zugleich zur Übertragung des Gefühls auf den äußeren Eindruck.

Dieser Passungsvorgang aber dient offenbar einem übergeordneten Bedürfnis.

Kombinieren sich bei primärprozesshaften Denkvorgängen die Wahrnehmungsinhalte vor allem nach ihrer sinnlichen und gefühlsmäßigen Qualität, ist ihr Assoziiertwerden also von sinnlich-emotionaler Ähnlichkeit bestimmt und besteht darin das ordnende Gesetz – so bleibt immer noch etwas anderes rätselhaft: Wie kommt es, dass die neue Verknüpfung das in Frage stehende Problem so passend beantworten kann? Was steuert diese offenbar zielgerichtete Auswahl von möglichen Lösungen?

Wir hatten ja den Eindruck, dass die Verknüpfung keineswegs blind oder zufällig erfolgt, sondern dass sie eine angemessene Lösung zum Bewältigen einer Problemsituation beiträgt. Denken Sie an: „... als bete der bach in den wiesen, so viele buchten hat er ausgekniet". Wenn die Kombination von Erinnerungs- und Wahrnehmungsinhalten also sinnvoll und zielorientiert abläuft, dann muss noch eine andere Kraft wirksam sein. Es muss eine zusätzliche Dynamik geben, die auf die Findungs- und Auswahlprozesse (unseres Wahrnehmungs- oder Erinnerungsmaterials) Einfluss nimmt.

----------

Bevor wir hierauf eine Antwort finden, ist es sinnvoll, uns Freuds Konzept vom Primär- und Sekundärvorgang noch einmal systematisch (d.h. in Gegenüberstellung) vor Augen zu führen. (vgl.: Laplanche, J., Pontalis, J.-B., 1980)

| | |
|---|---|
| *Funktionsweise* des Unbewussten:<br><br>symbolisch bildhaftes Denken | *Funktionsweise* des Bewussten u. des Vorbewussten:<br>waches Denken, Aufmerksamkeit, Entscheidung, Urteilsvermögen, kontrollierte Handlung; regulierende Funktion, durch Ich-Bildung ermöglicht: ihre Hauptaufgabe, den Primärprozess zu hemmen |
| *Energie* frei fließend; dadurch größere Beweglichkeit der Inhalte mit der Möglichkeit, neue Kombinationen und Assoziationen einzugehen | *Energie* gebunden, bevor sie in kontrollierter Form abströmt |
| *Wirkdynamik*: Lustprinzip | *Wirkdynamik*: Realitätsprinzip |
| *Denkgesetze*:<br>- Verdichtung<br>- Verschiebung<br>- Überdetermination<br>- Aufhebung des Satzes vom Widerspruch<br>- Assoziation weitgehend bestimmt von sinnlich-emotionaler Qualität | *Denkgesetze*:<br>- Logik<br>- Abbildung der Realität<br>- Assoziation bestimmt von Realität |

Verdichtung: In einer einzigen Vorstellung können alle Bedeutungen zusammenfließen, die durch die sich dort kreuzenden Assoziationsketten herangetragen werden.

/

Z.B. eine Sammelperson im Traum: gemeinsame Züge mehrerer Personen führen zur Schaffung einer Sammelperson durch Löschung ihrer nicht gemeinsamen Züge. (Das Gemeinsame der Züge ergibt sich aus gleicher emotionaler Besetzung durch den Träumenden oder aus ähnlich sinnlichen Qualitäten.)

Verschiebung: Einer scheinbar (oft) unbedeutenden Vorstellung wird der ganze psychische Wert, die Bedeutung, die Intensität, die ursprünglich zu einer anderen Vorstellung gehörten, zugeschrieben.

Die Besetzungsenergie ist fähig, sich von einem Inhalt zu lösen, um sich an einen anderen Inhalt zu binden, der mit dem ersteren durch eine Kette von Assoziationen verbunden ist.

----------

Wenn wir uns Freuds Konzept vom Primärvorgang näher anschauen, stoßen wir als Pendant zum Realitätsprinzip des Sekundärvorgangs (= Funktionsweise des Bewussten) auf das sog. Lustprinzip. Es ist konzipiert als eine zielgerichtete Kraft, die im Bereich des Unbewussten nach einer Lösung oder Befriedigung sucht. Wenn wir diesen Begriff nicht auf sexuelle Bedürfnisspannung einengen, sondern in ihm alles versammelt sehen, was der Lösung von Lebens- und Entwicklungsbedürfnissen in einem erweiterten Sinne dient, z.B. auch dem Bedürfnis, belastende Erlebnisse zu bemeistern, dann scheint uns das Lustprinzip zur Erklärung der oben beschriebenen Dynamik durchaus brauchbar. Es ist nämlich sehr wohl ein auf Erlangung von Wohlbefinden ausgerichtetes Prinzip am Werke, wenn es gelingt, etwa ein depressives oder angstvoll bedrängendes Gefühl in eine Metapher zu bannen. Dasselbe gilt für ein fassungslos machendes Liebesgefühl. Indem man es in einem Bild aus sich herausstellt, erreicht man inneren Abstand und macht es kontrollierbar. Reiner Kunze begreift das plötzliche Auftauchen eines poetischen Einfalls als ein Signal, das ihm ankündigt, durch die Ausgestaltung dieses Einfalls im Gedicht mit ei-

/

ner Seite seines Erlebnisses „fertig werden" zu können. Es gibt also durchaus Ich-Bedürfnisse, die im Rahmen eines solchen Prinzips Entspannung suchen und diesen Vorgang, wenn er sich denn erfüllt, als angenehm, erlösend und damit als prinzipiell lustvoll erleben lassen.

Den metaphorisch bildhaften Ausdruck für ein z.B. sehr schmerzvolles Erleben zu finden, kann paradoxerweise durchaus dem Lustprinzip dienen. Etwas Erschütterndes, Bedrückendes oder auch Verwirrendes sprachlich zu bemeistern, bringt Erleichterung und die Hoffnung mit sich, durch die mögliche Schaffung einer verstehenden Resonanz im anderen Menschen das Alleinsein aufzuheben – übrigens für sich *und* den andern.

Mithin entscheidet über den möglichen Zusammenschluss (Assoziation) der Inhalte im Unbewussten, neben der sinnlich-emotionalen Wertigkeit der Bewusstseins- und Wahrnehmungsinhalte, auch die mit ihnen verbundene Bedürfnisspannung. So können hier einerseits Kombinationen zwischen allen Inhalten und zwischen allen Kategorien des Denkens, Wahrnehmens, Fühlens und Empfindens auftreten, vor allem dann, wenn sie eine gleiche oder ähnliche emotionale Besetzung haben (wie z.B. *„das gläserne Erschrecken"* (A.S.) oder die Formulierung *„niedergebogene Tage"* (Wilhelm Aigner). Andererseits stehen diese Verknüpfungen zugleich unter dem Einfluss eines Spannung lösenden Bezugs zum gegebenen Problem.

Wenn wir uns also gefragt haben, warum der poetische Einfall das in Frage stehende Bedürfnis so passend beantwortet, so sehen wir hier ein dynamisch energetisches Prinzip am Werke. Es entspricht demjenigen, das im Bereich des Unbewussten allgemein der Lösung aller Bedürfnisspannungen Rechnung trägt.

\*

Lassen sie uns den Prozess der Entstehung der Metapher noch einmal zusammenfassen.

Wir wissen, dass zwei einander ursprünglich fremde Wirklichkeiten sich in einem Bild zusammenschließen, dass durch diesen Zusammenschluss der Bedeutungszusammenhang der einen Wirklichkeit auf die andere übertragen wird, dass diese Übertragung in ihrer sprachlich verdichteten Struktur Hinweise hinterlässt auf etwas Neues, Erhellendes und Überraschendes.

Wir haben gehört, dass sich dieser kombinatorische Schöpfungsprozess im Unbewussten abspielt, im Bereich des Primärprozesses, einer Spielart unseres Denkens, die noch Verbindung hat zu sehr frühen Funktionsweisen unserer Psyche. Diese frühen Muster ganzheitlich sinnlichen Denkens in Bildern mit austauschbaren Sinnesqualitäten (Synästhesien) und kommodalen Verknüpfungen aller Klassen und Kategorien folgen nicht der Logik unseres bewussten Denkens (Bewusstseins). Sie folgen in ihren assoziativen Verknüpfungen überwiegend sinnlichen und gefühlsnahen Qualitäten. Ihre Produkte, etwa der dichterische Einfall und die Metapher, sind daher – in für die poetische Sprache typischer Weise – alogisch, unwirklich oder paradox, ja durch das Aussetzen der Logik oft scheinbar vernunftwidrig, z.B. *„Die Ranke häkelt am Strauche"* (Annette von Droste-Hülshoff) oder *„Mit feinen Stichen näht der Regen Luft auf den See"* (Wilhelm Aigner) oder *„Der Fluss springt uns mit silbernen Pfoten entgegen"* (A.S.). Aber gerade dadurch erschließt sich, sinnvoll-widersinnig, der neue Sinn und gibt den Blick frei auf etwas, das, wie Sartre sagt, sich „nie ganz denken lässt" (zitiert nach Reiner Kunze 1989). Aber es ist in der Lage, etwas Gefühltes, eine tiefere, oft innere Realität aufscheinen zu lassen durch eine bildhafte Verschmelzung von Wirklichkeiten, ohne freilich einen Vergleich direkt auszusprechen. So in den Zeilen: *„Eine Liebe / die nicht umkehrt / wenn die Brücke bebt"* (A. S.), oder in dem Beispiel eines tschechischen Dichters, auf das Kunze hinweist: *„Leise! Vielleicht weckt ihn das rotwerden der vogelbeeren nicht"* (aus dem Gedicht „Schritte hinter dem Zaun" von Vit Obrtel).

Abgesehen vom Traum und traumähnlichen Zuständen (Trance, Imagination) geraten wir besonders dann unter den Einfluss des Primärprozesses, wenn wir stark oder gar überwältigend fühlen (mindestens aber, wenn wir unter dem Einfluss einer deutlichen Gefühlseinstellung stehen). Hierdurch kann bei manchen Menschen eine Art Umschaltung des Denkens erfolgen. Die Bildung emotional-sinnlich motivierter Neuverknüpfungen wird hierbei sehr erleichtert. Sie vollzieht sich zwischen verschiedenen oft emotional ausgewiesenen Bewusstseins- und Wahrnehmungsinhalten. Da in dem betreffenden Menschen meist eine starke affektive Spannung dazu drängt, mit einem schwierigen Erlebnis fertig zu werden, bieten sich dem Bewusstsein gezielt Kombinationen an, die dazu geeignet sind, das Gefühlte erkenntnis- und affektnah in Sprache zu fassen. Meist geschieht das in Bildern, auf die eine Bedeutung aus anderen, oft innerseelischen Zusammenhängen übertragen worden ist. Diese Verdichtung kommt ohne direkten Vergleich aus, erschließt sich aber über die Verschränkung der Bild- und Wirklichkeitselemente umso deutlicher dem Gefühl. Etwa: „... *keine Tür geht auf ins Gespräch"* (Christine Busta). Die Übermittlung – auch wenn sie durch Sprache geschieht – ist durch ihre bildhafte Qualität sinnlich, d.h. quasi averbal. Das birgt in sich die Möglichkeit, im anderen Menschen eine Resonanz zu erzeugen, das Erlebte dem anderen so zu übermitteln, dass er es originär, d.h. als gefühltes Gefühl, empfangen kann. (Seithe 2000)

Eine auf Entspannung und Problemlösung ausgerichtete Wirkdynamik sorgt dafür, dass der Primärprozess in seiner gefühlsassoziativen Aktivität lösungsrelevante, d.h. passende Kombinationen aufspürt. Das heißt, die von ihm dem Bewusstsein (dem Sekundärprozess) zur Überprüfung angebotenen Verknüpfungen dienen zielgerichtet der Möglichkeit, die gefühlte Wirklichkeit neu und überraschend auszudrücken, zu bewältigen und zu befrieden.

Diese Wirkdynamik aber ereignet sich im *„noch rauchenden Schutt"* unseres primärprozesshaften Denkens – dort, wo es, wie Ingeborg Bachmann sagt, nach einer *befeuernden* Erschütterung noch *„knistert('s) im dunklen Bestand"*. Aus diesem „dunklen Bestand", aus diesem spannungsgeladenen Reservoir ihres Unbewussten, nimmt die Dichterin den Funken für die kreative Wiederbelebung.

Danach aber wird sie sich mit den bewussten (sekundärprozesshaften) (aber auch immer wieder mit den unbewussten) Möglichkeiten an die Arbeit machen und ihren poetischen Einfall sprachlich weiter gestalten.

## Literatur

Aigner, Ch. W. (1998): Die Berührung. Deutsche Verlags-Anstalt, Stuttgart.

Bachmann, I. (1956) : „Mein Vogel", in „Anrufung des großen Bären", Piper, München.

Busta, Ch. (1975) : „Salzgärten", Otto Müller Verlag, Salzburg.

Kunze, R. (1989): Das weiße Gedicht. Essays. S. Fischer Verlag, Frankfurt.

Kunze, R. (1994): Wo Freiheit ist ... Gespräche 1977– 1993. S. Fischer Verlag, Frankfurt.

Kunze, R. (1998): ein tag auf dieser erde. gedichte. S. Fischer Verlag, Frankfurt.

Laplanche, J., Pontalis, J.-B. (1980). Das Vokabular der Psychoanalyse. Frankfurt am Main, Suhrkamp.

Lavant, Ch. (1956): Die Bettlerschale. Otto Müller Verlag, Salzburg.

Müller-Braunschweig, H.(1984): Unbewusster Prozess und Objektivierung. Freiburger Literaturpsychologische Gespräche 3. Peter Lang, Frankfurt/M.

Salvisberg, H.(2000): Bild – Sinnbild – Sinn. Von den Sinnen zum Sinn oder: Der andere Baum der Erkenntnis. In: Salvisberg, H., Stigler, M., Maxeiner, V. (Hrsg.): Erfahrung träumend zur Sprache bringen. Huber, Bern.

Scheuler, W. (1999): zitiert nach Salvisberg, H. (2000).

Seithe, A.(2000): Die Rolle des Bildes bei der verbalen Kommunikation von Gefühlen. In: Salvisberg, H., Stigler, M., Maxeiner, V. (Hrsg.): Erfahrung träumend zur Sprache bringen. Huber, Bern.

Seithe, A. (2009): Über der strömenden Zeit. Gedichte. Neues Literaturkontor, Münster.

Seithe, A. (2005): Brombeerhimmel. Gedichte. Demand-Verlag, Waldburg.

Spreitzer, B. (2010): Literaturwissenschaftliche Theorien des Symbols – Symbole in der Literatur. Imagination 32/3, 18-35.

Stern, D. (1985, 1992): Die Lebenserfahrung des Kleinkindes. Klett-Cotta, Stuttgart.

# JÜRGEN BRÔCAN
agora


nicht zu erkennen, welche art genau,
aber es war eine von den großen,

die sich ins zelt verirrt hatte, rasselnde
kombination aus doppeldecker und gyrokopter

unterm aufgespannten first, der mich an ein buch erinnerte,
das man zum weiterlesen auf die aufgeschlagene

seite legt, trotzdem fand sie weder
den weg hinaus noch in eines der gespräche,

die sich umeinander drehten, während ein präsidentenimitator
nach einer alternativen erklärung für den hurrikan suchte,

der die papierweißen städte auf den keys ertränkt,
und wetterberichte für einen alptraum

in den hirngespinsten von pjöngjang und ankara spukten.
alle augen klebten auf dem boden vor den fußspitzen,

die messe für carsten zimmermann, jürgen kross
und arundhathi subramaniam wurde anderswo abgehalten,

dort oben, wo die libelle, wie ein büchlein,
in dessen blätter ein braus stürmt,

/

rechts und links gegen die wände prallte.
die würde des kosmos ist unantastbar, die würde

von einem seiner bewohner ist es nicht,
jede generation verliert die vernunft aufs neue,

wissen entvölkerte das geisterland,
machte die dinge aber nicht transparent, öffnete nur

komplexeren mythen die tür: auf frisch gedrucken plakaten
sehen die alten masken herab auf die millionen,

die sie hassen, auf einen friedhof, größer als das land,
der sich jahrzehnte in die zukunft erstreckt,

aber der lindwurm dort oben spie kein feuer,
brannte kein loch ins zelt, sondierte nur geduldig nach dem

ausgang, noch immer unbemerkt,
und ich dachte an kaiser diokletian, der auf

die macht verzichtete, um sich den gewächsen
in seinem garten zu widmen.

# Die Beiträger

Sigune Schnabel, geb. 1981 in Filderstadt, Diplomstudium Literaturübersetzen in Düsseldorf. Veröffentlichungen u. a. in den Anthologien „Feldkircher Lyrikpreis 2016: Lyrik der Gegenwart" und „Fünfzigtausend Anschläge. Schwarzbuch der Lyrik 2016" und in den Zeitschriften *Die Rampe, Krautgarten, Karussell* und *mosaik*. Verschiedene Preise, Finalistin beim Literarischen März 2017. Zuletzt ist erschienen: „Apfeltage regnen" (Geest-Verlag, Vechta 2017).

Denis Vidinski, geb. 1979. Studium in Hamburg und Bremen 2002-09. Lebt und arbeitet in Bremen.

Ursula Maria Wartmann, geb. 1953 in Oberhausen, lebt in Dortmund. Studium der Soziologie und Politikwissenschaften, Psychologie und Kunstgeschichte mit dem Abschluss Diplom-Soziologin. Langjährige Tätigkeit als Redakteurin und freie Autorin für Zeitungen und Zeitschriften in Hessen, Hamburg, Niedersachsen und NRW. Sie veröffentlichte mehrere Romane und Erzählungen. Die Münchner Autorinnenvereinigung e.V. wählte sie soeben zur „Autorin des Jahres 2017".

Peter Spafford, geb.1956, Theaterauror, Dichter und Komponist. Lebt in Leeds, UK. Schreibt für BBC Radio, TV, Musiktheater und Oper. Bringt seine eigene Poesie und Musik auf die Bühne, häufig in Zusammenarbeit mit dem Multi-Instrumentalisten Richard Ormrod in der Musikkollektive „Schwa". Erster Gedichtband „QUICK" 2016 in der Valley Press. Schreibwerkstätten in Schulen, Krankenhäusern, Gefängnissen und Museen. Spafford ist der Director of Words des ChapelFM arts centre.

Saskia Stehouwer, geb. 1975 in Alkmaar, Lyrikerin, Kleingärtnerin und Naturkostladen-Mitarbeiterin. Sie studierte Niederländisch und Englisch an der Universität von Amsterdam. Gut zehn Jahre war sie Redakteurin und Projektleiterin von SAVUSA, des Südafrika-Instituts der Vrije Universiteit. Im Oktober 2014 debütierte sie mit ihrem Gedichtband „wachtkamers" (wartezimmer). 2015 wurde sie mit dem C. Buddingh-Preis ausgezeichnet. Ihr zweiter Gedichtband „vrije uitloop" (freiland) erschien im Oktober 2016 im gleichen Verlag.

Ralf Thenior, geb. 1945 in Bad Kudowa (Kudowa Zdroj), Schlesien. Aufgewachsen in einer Gärtnerei in Hamburg. Erster Berufswunsch: Gärtner. Dann: Schriftsteller. Übersetzerstudium am Dolmetscherinstitut der Universität des Saarlands. Germanistikstudium an der Universität Hamburg. Zahlreiche Auszeichnungen und Preise, zahlreiche Veröffentlichungen seit 1977. In der Edition Virgines, Düsseldorf, liegen seit neustem vor: „Omnibus", Gedichte, ausgewählt von Michael Serrer, und „Global Lingo Travelling Inc".

Andreas Mand, geb. 1959 als Sohn eines Pfarrers, lebt in Minden (NRW). Studium der Medienwissenschaften in Osnabrück. 1982 erschien der Debutroman „Haut ab"; Bekanntheit erlangte er 1990 und 1992 mit den Fortsetzungsbüchern „Grovers Erfindung" und „Grover am See". Mand, der auch der Popmusik zuneigt und Sänger einer Band war, veröffentlichte 2007 die Song-CD „Eine kleine Feile". Die Auszüge aus seinem jüngsten Roman, „Der zweite Garten", erscheinen hier mit freundlicher Genehmigung des Maro-Verlags, Augsburg.

Daniel Zahno, geb. 1963 in Basel, wo er auch lebt. Studium der Germanistik und Anglistik. 1996 erschien sein mehrfach ausgezeichnetes Erstlingswerk, der Erzählband „Doktor Turban". Er erhielt mehrere Preise und veröffentlichte zuletzt die Romane „Alle lieben Alexia" (weissbooks, 2011) und „Mama Mafia" (Schöffling & Co, 2017).

/

Walle Sayer, geb. 1960 in Bierlingen, lebt in Horb am Neckar. Zahlreiche Auszeichnungen und Stipendien. Zuletzt sind herausgekommen die Gedichte „Strohhalm, Stützbalken" (2013) und die Kurzprosa „Was in die Streichholzschachtel passte – Feinarbeiten" (2016), beide bei Klöpfer & Meyer, Tübingen.

Michael Gormann-Thelen, geb. 1946. Literaturwissenschaftler, Soziologe, Freier Lektor. Gegenwärtig beschäftigt mit der Edition eines deutsch-französischen Briefwechsels und der Werke eines bedeutenden, aber vergessenen Sprachwissenschaftlers, außerdem der Übersetzung einer Auswahl französischsprachiger Lyrik. Zahlreiche Aufsätze und Essays.

Angelica Seithe, geb. 1945, lebt in Wettenberg bei Gießen und in München. Sie arbeitet als Dipl.-Psychologin und Psychotherapeutin. 1981 erschien ihr erster Gedichtband, dem sechs weitere und ein Prosabuch folgten. Angelica Seithe erhielt für ihr Werk mehrere Lyrikpreise. Zuletzt veröffentlicht: „Im Schatten der Äpfel. Ausgewählte Gedichte" (edition offenes feld, 2016).

Jürgen Brôcan, geb. 1965 in Göttingen, lebt in Dortmund als Schriftsteller, Übersetzer und Herausgeber. Mehrere Stipendien und Preise, zuletzt Literaturpreis Ruhr 2016. Jüngste Gedichtbände sind „Schädelflüchter" (2016) und „hymnenrauh" (2016). In der Edition Rugerup, Berlin, wird im Herbst 2018 der Band „Wacholderträume" erscheinen.

## edition offenes feld
hrsg. von Jürgen Brôcan
in Zusammenarbeit mit Offenes Feld e.V.

Bengt Emil Johnson:
Das Fest der Wörter. Aus dem Sumpf.
Mit einer Nachschrift von Staffan Söderblom
Aus dem Schwedischen übersetzt von Lukas Dettwiler
116 S., ISBN 9783739215457

**Ranjit Hoskote:**
Feldnotizen des Magiers. Gedichte.
Aus dem Englischen übertragen von Jürgen Brôcan
124 S., ISBN 9783739215419

**Hans Børli:**
Der Wind schaut nicht auf die Wegweiser. Gedichte.
Aus dem Norwegischen übersetzt von Klaus Anders
100 S., ISBN 9783739215440

**Klaus Anders:**
Ätna. 35 Ansichten. Gedichte.
76 S., ISBN 9783738659498

**Carsten Zimmermann:**
Nichts geschieht. Roman.
160 S., ISBN 9783839115251

**Bianca Döring:**
Flieg, mein elektrischer Fisch. Prosa.
144 S., ISBN 9783842334489

**Arundhathi Subramaniam:**
Die Stadt brandete gegen mich. Gedichte.
Aus dem Englischen übersetzt von Jürgen Brôcan
80 S., ISBN 9783842336711

**Kjartan Hatløy:**
Die Lippen verlangen nach Ocker. Gedichte.
Aus dem Norwegischen übersetzt von Klaus Anders
108 S., ISBN 9783739213989

**Angelica Seithe:**
Im Schatten der Äpfel. Ausgewählte Gedichte.
112 S.. ISBN 9783741238505

**Mathias Jeschke:**
Luftstudien. Gedichte.
84 S., ISBN 9783739232010

**Matthias Buth:**
Paris regnet. Neue Gedichte.
132 S., ISBN 9783741290923

**Ulrike Bail:**
sterbezettel. Gedichte.
80 S., ISBN 9783741290381

**Jürgen Kross:**
inland. Gedichte.
108 S., ISBN 9783741282638

**Thomas J. Wehlim:**
Zweierlei Krieg. Roman.
192 S., ISBN 9783743179110

**Timo Brandt:**
Enterhilfe fürs Universum. Gedichte.
104 S., ISBN 9783743192287

**Spoon Jackson:**
Felsentauben erwachen auf Zellenblock 8. Gedichte und Prosa.
Aus dem Englischen übersetzt von Rainer Komers
108 S., ISBN 9783744820028

**Zhou Bangyan:**
Lieder.
Aus dem Chinesischen übersetzt von Raffael Keller
72 S., ISBN 9783743160248

**Moya Cannon:**
A Private Country | Ein privates Land. Gedichte.
Aus dem Englischen übersetzt von Eva Bourke und Eric Giebel
152 S., ISBN 9783744875233

**Göran Tunström:**
Unsere Insel – Unsere Zeit im Meer. Gedichte.
Aus dem Schwedischen übersetzt von Lukas Dettwiler
112 S., ISBN 9783744874700

**Bettina Klix:**
Berliner Suchbilder. Kurzprosa.
104 S,. ISBN 9783744820400

# Impressum

Herausgegeben von Offenes Feld e.V., Herford
Redaktion: Michael Girke, Ralf Thenior
Beirat: Jürgen Brôcan
Mitarbeit: Kerstin Zimmermann
Cover & Layout: Studio Z16, Dortmund

Der Verein Offenes Feld dient als Forum für die Diskussion,
Korrespondenz und Vermittlung zwischen den Künsten.
Die Mitglieder kommen aus allen Bereichen der Kultur.

Weitere Informationen und Bestellmöglichkeiten:

www.offenesfeld.de

Besuchen Sie den Verein auch unter:

www.facebook.com/offenesfeld.de

Heft Nr. 6
Oktober 2017

Herstellung und Verlag: BoD — Books on Demand, Norderstedt
Printed in Germany
ISBN: 9783744890168